Mik Bäcker

GLÜCK AUF BIS HEILIGABEND

Mik Bäcker

GLÜCK AUF BIS HEILIGABEND

Eine ganz normale Adventsgeschichte in 24 Kapiteln

Diederichs

Sollte diese Publikation Links auf Webseiten Dritter enthalten, so übernehmen wir für deren Inhalte keine Haftung, da wir uns diese nicht zu eigen machen, sondern lediglich auf deren Stand zum Zeitpunkt der Erstveröffentlichung verweisen.

MIX
Papier aus verantwortungsvollen Quellen
FSC www.fsc.org
FSC® C014889

Klimaneutral*
Druckprodukt
ClimatePartner.com/14044-1912-1001

Penguin Random House Verlagsgruppe FSC® N001967

Neumarkter Str. 28, 81673 München
Umschlag: zero-media.net, München
Umschlagmotiv: FinePic®, München
Illustrationen: Claudia Lieb
Bildnachweis: Vignette Kapitelanfang: nadia1992 / stock.adobe.com
Satz: Satzwerk Huber, Germering
Druck und Bindung: Friedrich Pustet GmbH & Co. KG, Regensburg
Printed in Germany
ISBN 978-3-424-35122-4
www.diederichs-verlag.de

Für meinen Vater

1.12. 20:04

Alle Jahre wieder

Auf der Treppe zum Bochumer Bergbaumuseum liefern sich einige Kinder eine Schneeballschlacht. Ihre Wangen sind rot, ihre Schals leuchtend bunt. Sie sind viel zu abgelenkt, um zu bemerken, wie kalt es um sie herum geworden ist. Ihr warmer Atem bleibt dennoch einige Sekunden vor ihren Gesichtern stehen, bevor er unsichtbar wird. Ich höre das vergnügte Kichern durch die Dunkelheit widerhallen.

Die tiefe Schneedecke, über die sich die Kinder jagen, birgt die stetige Gefahr auszurutschen, aber der Leichtsinn überwiegt. Ein goldener Schriftzug, der »Fröhliche Weihnachten« verkündet, schwebt über dem ausgelassenen Treiben. Auf einmal zieht ein wilder Schneesturm auf, der sogar den mächtigen Förderturm komplett in Weiß hüllt. Jetzt fallen nur langsam dicke Flocken in Richtung Boden. Sie lassen die Szenerie noch mehr wie verzaubert aussehen.

»Es rieselt im Revier, lieber Nico«, hat meine Oma zu dem kleinen Paket geschrieben, in dem neben dieser Schneekugel eine Packung Dominosteine und die obligatorischen 20 Euro zum Geburtstag waren. Die Matriarchin des Jankowski-Clans versteht sich auf symbolhafte Gesten. Und diese bedeutet: Lass dich über die Feiertage in Bochum blicken und bleib nicht weg, so wie das ganze Jahr schon, du undankbarer Bengel.

Zugegeben, da ist viel reininterpretiert, aber dennoch: Dieses malerische Bild von weißer Weihnacht, sorglosen Schneeballschlachten, das existiert nur in dieser Schneekugel-Welt, so klein und unwirklich, dass ich sie mühelos in die Hand nehmen, hochwerfen, fallen lassen kann.

Ich weiß das, und Oma Magda weiß das erst recht. Eine Frau, die das Ruhrgebiet nunmehr seit 89 Jahren kennt. Und so wie ich meine Oma kenne, weiß sie auch, wie hässlich dieses Teil ist, aber das ist ihr egal, denn wenn der Jaust schon nicht herkommen will, kriegt er halt so viele Erinnerungen, bis er sich schon aus schlechtem Gewissen in den Zug nach Hause setzt. Wenn ich mich nicht rühre, wird mir das gesamte Merchandise-Arsenal des VfL geschickt. Liebesgrüße aus Bochum. Das hat Methode, kleine Seitenhiebe aus der Heimat, damit ich nicht vergesse, wo ich wech bin. Meine Oma Magda hat nie viel geredet, aber das hat niemals bedeutet, dass ihr Verstand nicht permanent in Bewegung gewesen wäre.

Dass ich die Stadt, in der ich groß geworden bin, erst mal meiden musste und damit auch die Menschen, die dort wohnen, hatte dieses Jahr gute Gründe. Für mich zumindest. Ich nehme die Kugel in die Hand und halte sie ganz nah an mein Gesicht, sodass ich mich darin spiegeln kann. Je mehr ich mich dem Glas nähere, desto größer wird mein Gesicht, als würde ich langsam, aber sicher aus meiner ohnehin viel zu kleinen Wohnung platzen.

Dafür, dass das heute mein 30. Geburtstag ist, sehe ich herzlich wenig anderes, also außer mir. Gäste zum Beispiel. Freunde. Katharina. Ich habe mir die größte Mühe gegeben, alle potenziellen Gratulanten heute nicht zu treffen. Meinen Geburtstag mochte ich nie, aber dieser hier ist auch objektiv betrachtet relativ traurig.

Ich lasse den Schnee noch einmal aufwirbeln, dann stelle ich die Kugel unsanft auf dem Küchentisch ab und suche in meinem Smartphone nach Zugverbindungen Richtung NRW. Endstation: Bochum. Du bist keine Schönheit. Aber in Hamburg bleibt der Schnee auch nicht liegen.

Ich werde am 23.12. anreisen und über die Feiertage bleiben, in unserem kleinen, grauen Häuschen in Bochums Speckschweiz. Das sollte ausreichen, um alle Leute zu treffen, an denen mir dort etwas liegt. Vor allem reicht das aus, um mein schlechtes Gewissen zu beruhigen. Und Oma Magda hat ihren Willen bekommen. Alle Jahre wieder.

2.12. 15:10

Ein Anruf mit Folgen

»Du hast wirklich niemanden an deinem Geburtstag getroffen? War das nicht hart? War sicher hart.« Philipp ist mein Kollege, mittlerweile seit drei Jahren schon. Wir stehen auf dem Flur an dem Kopierer, der öfter frei ist als die anderen, weil er vielleicht zwölf Meter mehr Fußweg für die Mitarbeiter bedeutet.

Wir arbeiten für einen Verlag in Hamburgs HafenCity. Philipp und ich sind die einzigen Angestellten unter 40 auf unserer Etage. Philipp hat bei uns nach dem Studium sein Volontariat gemacht und ist gleich übernommen worden. Ich mag ihn, aber irgendwie machen wir nie was zusammen nach Feierabend. Vielleicht ist das normal. Und für uns beide hat das auch einen Vorteil: Was wir dem anderen von unserem Privatleben erzählen, muss als objektiv wahr eingeschätzt werden. Das gilt für Katharina und mich genauso wie für Philipp und seinen Schützenverein im sauerländischen Willingen. Denn das kommt noch dazu: Wir sind beide Zugezogene. Dadurch hat man ab und an den typischen Small Talk zu langen Autofahrten in die Heimat und so weiter.

Und was wir dem anderen sonst stecken, das wird wie gesagt so hingenommen. Man kennt ja sonst niemanden, der einem etwas anderes erzählen könnte. Philipp ist sehr empathisch. Mehr oder weniger zumindest. *War sicher hart.* Für Small Talk ist das super, gerade wenn man nicht genau weiß, wie man sich so fühlt, oder nicht darüber nachdenken will.

»Ach ja, war okay. Klar, bisschen komisch. Aber auch okay. Irgendwie. Mit Katharina ist halt auch ganz vorbei jetzt.« Manchmal tut mir das leid, wie oberflächlich der Kontakt zu Philipp ist. »Was? Jetzt ist so richtig Schluss? Puh. Das tut mir leid. Das ist traurig.« Danke für den Philipp-Service, mir auch noch ein Gefühl anzubieten, das zu meiner Lebenssituation passen könnte. Das ist traurig, soso.

Das Tolle an dieser Arbeitsfreundschaft ist auch, dass Philipp wirklich immer nur reagiert. Wenn ich nicht von Katharina angefangen hätte, wäre garantiert auch keine Frage nach ihr gekommen. Ich sehe mich um, ob jemand in Hörweite ist. Fehlanzeige. Philipp bemerkt das und begibt sich in Position, einen größeren Brotkrümel aus meinem Privatleben aufschnappen zu können, wie eine gierige Ente in einem Park. Die soll man auch nicht füttern, glaube ich.

Also entscheide ich mich dagegen, unsere natürliche Oberflächlichkeit aufzugeben, und liefere ihm lediglich ein halbherziges: »Ja, ist jetzt irgendwie so. Da macht man nichts.« Philipp schaut enttäuscht weg. Wahrscheinlich sucht er nach einem Adjektiv, mit dem er meine Lage beschreiben könnte. Bevor er mir bescheinigen kann, wie bitter oder schade das mit der Trennung ist, nehme ich meine Kopien in die Hand und verabschiede mich. Philipp watschelt semi-befriedigt an seinen Schreibtisch zurück.

Auf dem Weg nach Hause fällt mir auf, dass dieses »Gespräch« das intimste seit Tagen war. Ich bin richtig gut darin, mich einzuigeln, wenn ich mit niemandem reden will. Meine Wohnung habe ich lange nicht mehr in Ordnung gebracht, wozu auch? Ich mache mir ein Bier auf und lasse mich mitsamt der Flasche in meinen Sessel fallen. Den habe ich noch aus meiner ersten WG, tiefrotes Leder, sehr wuchtig und so abgenutzt, dass man eine Decke braucht, um weiteren Verschleiß zu vermeiden. Katharina fand ihn immer furchtbar. »Der kommt mir nicht in unsere gemeinsame Wohnung!« Am Ende sollte sie recht behalten.

Jetzt hat sie ihren Traum von einer gemeinsamen Wohnung mit jemand anderem, Arvid, dem dänischen Grafikdesigner, der für die gleiche Werbeagentur arbeitet, in der sie der Geschäftsleitung assistiert. In einem Anflug von Selbstbestrafung habe ich vor einigen Tagen Arvids Social-Media-Kanäle ausspioniert. Natürlich sieht der blendend aus, groß und blond und durchtrainiert mit strahlend blauen Augen. Mit jedem Bild könnte man Werbung in einem Lifestyle-Magazin machen. Es gibt Fotos von Arvid beim Kite-Surfen, beim Klettern, auf Partys mit anderen unverschämt attraktiven Menschen. Und mit Katharina, die überglücklich in die Kamera lacht, während der schöne Däne sie von hinten begrabbelt. In einem kurzen Moment habe ich gedacht, dass es dieses Foto nur gibt, um mich zu bestrafen. Um mir zu sagen: Du bist raus. Viel Glück mit deiner schäbigen Einrichtung in deinem kleinen Leben. Katharina hat jetzt Arvid, und der kommt zusammen mit minimalistischem Design und einer genauso aufgeräumten, klaren Zukunft. Und phänomenalem Sex, bestimmt.

Als ich mein Handy beiseitegelegt habe, um den Instagram-Account der Erniedrigung nicht mehr sehen zu müssen, finde ich mich noch immer in dem abgewetzten Sessel wieder. Der ist so tief und nachgiebig in der Sitzfläche, dass man sich mehrmals überlegt, ob man aufsteht, wenn man einmal davon eingesogen wurde. Wie viele Stunden ich schon hier drin abgehangen habe? Mir kommt kurz der Gedanke, ob ich vielleicht ein viel geileres Leben ohne diesen Sessel führen würde, ein besseres Zeitmanagement hätte, regelmäßig laufen, mich fitter fühlen würde, Katharina mehr hätte bieten können.

Ich nehme mein Handy in die Hand und suche nach neuen Möbeln, skandinavisches, kühles Design. Das kommt mir vor wie der erste Schritt zum Fremdgehen an meinem alten Sessel, der meinen Hintern schon mit Anfang 20 ausgehalten hat, vor Katharina, vor Hamburg, vor einem fixen Einkommen. Nichts ist für immer, mein Freund, denke ich, das musste ich auch lernen. Ich scrolle mich durch die Angebote. Gerade als ich auf einen anthrazitfarbenen Vintage-Sessel mit ausgesprochen schlanken Holzbeinen klicken will, klingelt mein Handy.

Ich erschrecke leicht, weil es so selten passiert, dass einen noch Menschen anrufen. Mich zumindest. Vielleicht ist es Katharina, die mich zurückwill? Oder irgendeine Frau, die mich will? Das wäre unwahrscheinlich, aber für meinen Selbstwert super.

Ich hatte zu lange keinen Sex mehr. Wenn es eine Frau ist, die mich anruft, werde ich versuchen, mit ihr Sex zu haben. Ich nehme ab.

»Hallo?« »Hallo Nico, hier ist die Mama.« Das ist ungünstig. »… Hi?« »Hi, sagt er. Hi. Na, wenigstens etwas.« Ich atme tief ein. »Wir hatten gestern ja zum Geburtstag gesprochen. Da-

her wundert mich nur, dass du heute wieder anrufst.« Pause. »... Aber ich freue mich.« »Ganz ehrlich, Nico. Manchmal ne ...« Seit ich Sätze verstehen kann, habe ich diese Kombination aus Worten von meiner Mutter wahrscheinlich am meisten gehört. Die Einleitung dazu, was meine Mutter jetzt aber ehrlich mal machen wollte. Jemanden an die Wand klatschen. Durch die Mangel drehen. Sowas in die Richtung. Wir wissen beide, was sie meint. Daher macht sie sich nicht die Mühe, den Halbsatz zu beenden, sondern sendet ein genervtes Schnauben durch die Telefonleitung. Ich kann das jetzt nicht mehr geradebiegen, und das wissen wir auch beide. Wir werden das übergehen. Ist einfacher.

Ich frage möglichst freundlich: »Was gibt es denn?« »Ja, Nico. Pass auf.« Stille. »Ja?«, frage ich. »Ja, passte auf?« Silke Jankowski ist wahrscheinlich die einzige Person, die sich nach »Pass auf« vergewissert, dass man auch wirklich aufmerksam ist. Wären wir jetzt im gleichen Raum, würde sie mich zu Augenkontakt zwingen. »Ich höre zu, Mama. Was ist los?«, sage ich. »Nico, der Papa ist weg.«

Der Papa ist weg. Andere Kinder fänden so einen Satz vermutlich alarmierend. Andere Kinder haben aber auch andere Väter. Ich habe keine Nachricht zum Geburtstag von ihm erhalten, daran bin ich gewöhnt. Jetzt weiß ich auch, wieso. »Wie weg? Bei wem?« Mein Vater kennt das halbe Ruhrgebiet, und in der Regel nimmt ihn jemand auf, wenn er eine Nummer wie diese abzieht. Dann steht er ein paar Tage später wieder auf der Matte. »Diesmal ist es anders.«

Diesmal ... Dass wir in dieser Familie auf verschiedene Situationen verweisen können, in denen mein Vater Reißaus genommen hat, ist schon etwas Besonderes. »Der Papa wohnt jetzt inner Laube.«

Der Papa wohnt jetzt inner Laube. Dass meine Mutter den Satz so bestimmt vorbringt, macht den ganzen Anruf noch absurder. Unsere Familie besitzt schon in vierter Generation eine Parzelle in einer Kleingartenanlage im Schmechtingswiesental. Die Schmechtingswiesen sind ein kleiner Park im Norden von Bochum. Man kann von dort den Förderturm des Bergbaumuseums sehen. Im Sommer haben wir da auch mal übernachtet, wenn es spät wurde, nach dem Grillen, oder wenn wir als Jugendliche einen Platz gebraucht haben, der nicht so überwacht war von den Eltern. Doch die Vorstellung, dass mein Vater ernsthaft in eine Schrebergartensiedlung gezogen ist, im Winter, obwohl wir ein Haus haben … also ganz ehrlich.

»Geht das denn?« »Geht das denn?! Ja ne, Nico, das geht nicht! Ist richtig peinlich, aber der Werner will da nich raus. Der hat da schon seit Wochen dran gearbeitet, jetzt macht er Ernst. Hat einiges an Ärger, aber mit mir will er da auch nicht reden.« »Mama, dann ist das vielleicht auch nicht dein Job, das zu klären.« »Das weiß ich selber. Sollen wir den Papa da jetzt drin verrotten lassen?« »Naja, verrotten … ist doch ein Trend. Minimalismus …« »Samma, dein Papa wohnt im Kleingarten! Kannste da mal 'n bisschen besorgt sein?« Wenn er hungrig wird, kommt der schon wieder, denke ich mir. Ich will sowas in die Richtung sagen, weil zynisch zu sein in der Vergangenheit irgendwie am leichtesten war, wenn es um meinen Vater ging. Mit 30 will ich nicht mehr so sein.

»Ja, tut mir leid. Ich meine halt: Wir wissen ja, wo er ist. Das ist doch schon mal gut. Und mir ist das auch nicht egal. Ehrlich.« Während ich das ausspreche, merke ich, dass es mir tatsächlich nicht egal ist. Manchmal wundert man sich. »Was soll ich denn jetzt machen?« »Du musst herkommen, Nico.

Die Omma will das auch! Du musst mit dem Papa reden. Und das so schnell wie möglich.« »Ich komme doch schon über die Weihnachtstage. Ich hab schon nach Tickets geschaut.« »Früher, Nico! Wir haben hier echt n Problem mit deinem Vater.« Meine Mutter wird wahrscheinlich nie aufhören, sich zu kümmern. Und mein Vater wird nie aufhören … mein Vater zu sein. Ich schaue durch meine Wohnung, auf der Suche nach einer Ausrede, irgendeinem Einfall, und mein Blick landet auf der Schneekugel. Subtil ist anders, denke ich mir.

»Nico, was ist jetzt?« »Gut, ich komme früher, okay? Ich muss noch mit der Chefin klären, dass ich auch von zu Hause arbeiten darf.« »Danke. Wir sprechen morgen noch mal, ja? Ich hab dich lieb.« »Ich dich auch.« Sage ich. Wir legen auf. Ich sinke tiefer in den Sessel und trinke einen Schluck Bier. Der schöne Arvid hat sicher eine normalere Familie.

3.12. 17:57

Katharina

»Ja, wird auch echt früh wieder dunkel jetzt.« »Hmm, ja voll.« Ich führe das Telefonat mit Philipp nicht mal mit halber Aufmerksamkeitsleistung, während ich meinen Kühlschrank durchforste. Ich werde morgen früh den Zug Richtung NRW nehmen, und bevor ich Hamburg verlasse, will ich den verderblichen Kram wegschmeißen. Tatsächlich habe ich kaum etwas da, und ich kann mich nicht erinnern, etwas gegessen zu haben, das mehr Schritte in der Zubereitung benötigt hätte, als Milch über Müsli zu kippen.

Während ich Philipps Äußerungen ab und an bejahe, mache ich eine Bestandsaufname meiner Lebensmittel: Ich habe noch … abgelaufenen Speisequark, eine traurige Tube Tomatenmark und … eine Kartoffel. Wann zur Hölle habe ich denn mal Kartoffeln gekauft? Wollte ich da etwa kochen? Das muss vor meiner Singlephase gewesen sein. »Du, aber noch mal wegen der Teamsitzungen montags …« Philipp und ich sprechen kurz vor Feierabend, weil ich heute bei der Arbeit ausgemacht habe, von zu Hause aus zu arbeiten. Wegen einer dringenden Familienangelegenheit. Bevor sie eingewilligte, hat die Chefin erst mal gefragt, ob Philipp denn vor Ort wäre, und mich zwei Mal mit einem falschen Namen angeredet.

»Ich schicke dir immer bis freitags um 12 meinen Plan für die nächste Woche. Ist ja klar.« Philipp brummelt irgendetwas zurück, während ich die Kartoffel genauer inspiziere. »Magst du eigentlich Kartoffeln, Philipp?« »Was?« »Kartoffeln.« »Och, also wenn man die zum Beispiel brät, dann geht das schon gut.« Wenn man die brät, dann geht das schon gut ... Warum ist der Typ bei der Arbeit besser als ich? Ich werfe die Knolle in den Müll.

»Und Nico, ich bin ja auch einige Tage vor Weihnachten bei meiner Familie in Willingen. Du kannst gerne zu Besuch kommen. Ski fahren, wandern, ist vielleicht eine gute Abwechslung, so zum Ruhrgebiet, mein ich jetzt. Ist ja schön da. Gemütlich.« Willingen ist der Skiort für alle Menschen in Deutschland, die nördlicher als Frankfurt wohnen. Ich weiß nicht, ob »gemütlich« es trifft, aber Philipp liefert ja so gerne Adjektive, dass er mit Willingen sicher richtigliegt. Und tatsächlich ist das auch nicht das erste Mal, dass mich Philipp zu seiner sauerländischen Familie einlädt. Mann, der ist echt nett, bin ich auch so nett? Wahrscheinlich nicht. Ach was, bestimmt nicht. Ich bedanke mich und sage was von wenig Zeit, aber ich denke drüber nach. Mein Handy vibriert und zeigt fünf neue Nachrichten an. Philipp und ich beenden das Gespräch, bevor die Spannung nicht mehr auszuhalten ist. Schon mal eine schöne Vorweihnachtszeit, schöne Grüße und Tschüss. Die Nachrichten sind von Can.

»Alter, du kommst zurück in die Heimat, habe ich gehört? Wie kommt's? Und wann machen wir einen drauf?« Ich muss lächeln. Can ist eine der wenigen Personen, auf die ich mich so richtig freue. Can ist zwei Jahre jünger als ich. Seine Schwester Aylin und ich sind ein Jahrgang. Can und Aylin haben mit ihren Eltern in einer Wohnung gegenüber von unserem Haus in Bochum gewohnt. Besonders Aylin und ich waren früher unzertrennlich. Wahrscheinlich hat meine Mutter mit Defne gesprochen, der Mutter der beiden, und daher weiß Can schon von meiner Anreise. Ich antworte kurz, wann ich morgen mit der Bahn komme, und schicke einige Partysmileys, ein unmotiviertes Selfie mit Daumen hoch und Doppelkinn. Das Lächeln kaufe ich mir nicht mal selber ab. Naja, bei Can ist mir das egal.

Ich weiß auch, dass er es mir nicht übel nimmt, dass ich mich so zurückgezogen habe. Can ist einfach immer positiv und vor allem loyal. Vielleicht hat er sogar schon von meinem Vater gehört, aber er will, dass ich von mir aus damit rausrücke, oder wir reden halt nicht drüber. Mir ist das Zweite lieber. Und ich weiß ja eh noch nicht, was genau los ist.

Ich will mich nach seiner Schwester erkundigen, dann entscheide ich mich dagegen. Aylin hatte Katharina und mich im Sommer noch in Hamburg besucht. Katharina hatte Geburtstag gehabt, und wir waren mit ihren Freunden Cocktails trinken gewesen. Danach haben wir noch ab und an geschrieben, dann gar nicht mehr. Aylin arbeitet neben dem Studium in der Pflege, wahrscheinlich hatte sie einfach viel um die Ohren. Sie wohnt jetzt in Dortmund, aber ich sehe sie bestimmt in den nächsten Tagen, wenn sie die Familie besucht. Can tippt eine neue Nachricht. Während ich darauf warte, scrolle ich mich durch meine Kontakte. Ich habe die Unterhaltung mit Katharina noch nicht gelöscht. Ob sie das schon gemacht hat? Vielleicht hat der fiese Arvid sie dazu gezwungen. Wahrscheinlich nicht. Wahrscheinlich kennt der auch nicht meinen Namen, wie die Chefin heute. Ich bin einfach egal.

Mein Daumen bewegt sich in Richtung von Katharinas Namen, um »Löschen« einzuleiten. Unterhaltung wirklich löschen? Du stellst Fragen, Handy. Ich schaue mich um, als würde mich jemand in der leeren Wohnung beobachten, und drücke dann heimlich auf »Abbrechen«. Völlig bescheuert. Ich lege das Handy weg, um mit spitzen Fingern den Becher mit schimmeligem Quark in der Spüle auszuwaschen. Dann trenne ich die Papierummantelung vom Rest der Plastikverpackung und werfe beides getrennt weg. Wow, bin ich ein guter Mensch. In einer derart verdreckten Wohnung wie meiner dürfte Mülltrennung richtig albern aussehen.

Katharina war Mülltrennung wichtig. Die Umwelt generell, klar. Wir haben da einfach auch eine Verantwortung gegenüber der nächsten Generation, jaja. Ich wusste schon vor Katharina, was ein gelber Sack kann, aber wenn man durch Mülltrennen wie ein edler Ritter wirken kann, dann macht man das halt noch mal motivierter. Als ich den Quarkbecher in dem überquellenden gelben Sack verstaue, frage ich mich, ob mich Katharina vielleicht konditioniert hat. Recycling, weil uns das ja so wichtig ist. Weil wir ja an die nächste Generation denken. Ich habe mich sogar mal als Wahlhelfer gemeldet, um bei Katharina als Verteidiger demokratischer Prinzipien glänzen zu können. »Ehrlich toll, dass du das machst, Nico.«

So ein Satz und ein bewunderndes Lächeln waren dann die Belohnung ihrer operanten Konditionierung. Und ich bin mir ziemlich sicher, dass ich monatlich an Greenpeace spende, weil wir mal von einer Abo-Fallen-Studentin in der Innenstadt angesprochen wurden und ich vor Katharina nicht mein tolles Öko-Image einbüßen wollte. Warum hat die das Abo eigentlich nicht selber abgeschlossen? Meine Selbstreflexion als rückgratlose Beziehungs-Laborratte wird durch ein lautes Scheppern unterbrochen.

Der gelbe Sack muss das Gleichgewicht verloren haben. Ist auch kein Wunder, weil ich seit Wochen allen Müll staple, anstatt ihn wegzubringen. Jetzt liegt ein Drittel davon lose am Küchenboden. Ich seufze laut, weil ich scheinbar wem auch immer klarmachen möchte, wie doof das jetzt für mich ist. Alles irgendwie. Ich packe den Müll zusammen, Bio und Plastik in einer Hand, Papier unter dem linken Arm, und lese noch Cans Nachrichten auf meinem Handy. Irgendwas von feiern und abholen und Weihnachtsparty. Ich gehe schwer bepackt aus der Küche, öffne die Wohnungstür mit dem Ellenbogen, will gerade einen Daumen-hoch-Emoji an Can verschicken. Die Tür fällt hinter mir zu, ich drehe mich um und stehe in Jogginganzug und Badelatschen vor meiner verschlossenen Wohnung. Die einzige Person, die noch einen Ersatzschlüssel hat und mir helfen könnte, ist die letzte Person, die mich heute so sehen sollte. Wenigstens weiß ich sicher, dass ich Katharinas Nummer noch nicht gelöscht habe. Was für ein Scheißtag.

Während ich den Müll runterbringe, wäge ich ab, ob eine Nacht ohne Unterkunft in Hamburg schlimmer ist, als komplett verloddert bei der Ex-Freundin antanzen zu müssen, um sich einen Gefallen zu erbitten. Wir haben noch keine Minusgrade. Andererseits brauche ich meine Sachen aus der Wohnung für Bochum, da ist auch der Arbeitslaptop noch drin. Wahrscheinlich werde ich aber sowieso bald gefeuert. Bevor ich weiter nachdenken kann, fängt es an zu regnen.

Ich laufe von den Mülltonnen rasch zurück zur überdachten Haustür. Wenn ich jetzt mit den Badelatschen ausrutsche und mir das Genick breche, muss ich Katharina heute nicht mehr anrufen. Ich beschleunige auf den letzten Metern, erreiche die Haustür unbeschadet. Auf einmal ist das Schicksal wieder auf meiner Seite. Super. Ich setze mich auf die Treppe und wähle Katharinas Kontakt an. Dann zähle ich bis zehn. Mir fällt nichts Besseres ein, um in die Wohnung zu kommen. Ich zähle noch mal bis zehn. Wieder nichts. Katharina Schöning. Ich atme ein und aus und rufe die Nummer an.

Zwei Busstationen, fünf S-Bahn-Haltestellen und elf Minuten Fußweg später stehe ich komplett durchnässt vor der Wohnung meiner Ex-Freundin in Eimsbüttel. Jetzt, wo ich es schon so weit hergeschafft habe, will ich das so schnell wie möglich hinter mich bringen. Ich drücke auf den Summer. Ich warte und presse willkürlich an meinem nassen Oberteil herum, als würde es davon spontan trocknen. Die Tür schnackt auf. Erdgeschoss. Erster Stock. Zweiter Stock. Meine Kondition muss schlechter geworden sein. Vierter Stock. Vielleicht macht mich auch das ganze Regenwasser so schwer, dass mich das Treppensteigen jetzt mehr fordert. Das wird es sein. Gerade als ich mich frage, warum das Haus auch keinen Aufzug hat, sehe ich: Katharina.

Sie steht lächelnd in der Wohnungstür. Weil das Treppenhaus so dunkel ist und es hinter ihr so warm aus der hellen Altbauwohnung leuchtet, sieht sie ein bisschen aus wie ein Engel. Ich bin außer Atem und nervös und nähere mich diesem perfekten Wesen wie ein streunender Hund aus einer düsteren Straßengegend, der sich auch nicht sicher ist, warum er jetzt hoffen sollte, Beachtung zu finden. Etwa auf Bauchnabelhöhe hält Katharina eine kleine Schale mit Armbändern, Hustenbonbons und einigen Schlüsseln. Ich stelle mir vor, wie sie mir meinen Schlüssel an mir vorbei ins Treppenhaus pfeffert wie ein Stück Brot, mit dem man einen ungeliebten Hund austricksen will, während sie mir die Tür vor der Nase zuschlägt und sich vor ihrem lausigen Streuner-Ex in Sicherheit bringt. Stattdessen legt sie den Kopf schief, schaut mir direkt in die Augen und sagt: »Baby, du bist ja ganz nass.« Ich verstehe nichts. Und selbst wenn, für mich ist es gerade genug Arbeit, den Augenkontakt mit Katharina zu halten, als dass ich jetzt irgendwie schlagfertig sein könnte. Sie wartet ab, spielt kurz enttäuscht, und sagt dann: »*Shutter Island.* Komm erst mal rein.« Natürlich. Katharina ist nicht nur über die Maßen freundlich und sieht super aus, sie zitiert auch noch nebenbei Filme von Martin Scorsese. Mir entfährt nur ein stumpfes »Okay«. Weil ich so durchnässt bin, kommt eine Umarmung und anderer Körperkontakt als Begrüßung nicht infrage, wofür wir wahrscheinlich beide dankbar sind. Katharina dreht sich seitlich, sodass ich an ihr vorbei in die Wohnung gehen kann.

»Ich war gerade in der Küche«, sagt sie, was bei einer Drei-Zimmer-WG wahrscheinlich heißen soll: »Geh nicht in mein Schlafzimmer, das wäre unangenehm!«

Sobald ich am zu kleinen Küchentisch Platz genommen und ein Glas Leitungswasser vor mir stehen habe, läuft Katharina in das benachbarte Zimmer. Aus dem anderen Raum ruft sie mir zu, ich solle schauen, welcher Schlüssel in der Schale meiner sei. »Ich hatte das gar nicht mehr auf dem Schirm, dass der hier ist, sonst hätte ich ja was gesagt. Sorry. Aber ist ja quasi Glück im Unglück jetzt. Stella hat sich letztens auch ausgesperrt. Doof sowas.« Stella ist eine von Katharinas Mitbewohnerinnen. »Hmm, ärgerlich«, entgegne ich und nehme mir vor, ab jetzt intelligentere Dinge von mir zu geben. Ich finde meinen Wohnungsschlüssel, den ich schnell daran erkenne, dass er eine nachgemachte Kopie von einem Schlüsseldienst am Hauptbahnhof ist. Katharina scheint in ihrer Kommode zu kramen. »Und gut, dass du mich gerade erwischst, ich wollte gleich eigentlich noch …«

Es ist mittlerweile halb acht abends an einem Donnerstag, und wenn Katharina noch die Wohnung verlassen wollte, dann sehr wahrscheinlich, um den Abend mit ihrem Neuen zu verbringen. „Noch mal ne Runde nach draußen?«, frage ich, was komplett bescheuert ist, weil das Wetter schlecht ist, und das wissen wir beide, aber Katharina sagt ganz dankbar: »Ja, genau.« Dann kommt sie zurück in die Küche. Ich zeige ihr den gefundenen Schlüssel. Katharina nickt lächelnd und reicht mir einen Stapel mit Kleidung. Eine Jogginghose, ein Shirt, beides tatsächlich meins, eine Kapuzenjacke, XXL for men, definitiv nicht meine. Ich schaue die Jacke an, schaue Katharina an, sie schaut die Jacke an und schaut verschämt mein Wasserglas an. Ich frage nicht nach, sondern sage: »Danke. Wo kann ich …?« »Ach, es ist gerade eh keiner da.« Na toll. Jetzt darf ich so selbstbewusst tun, als würde es mir nichts ausmachen, mich vor ihr umzuziehen, auszuziehen. Das letzte Mal, dass mich Katharina nackt gesehen hat, war Ende September gewesen. Seitdem bin ich nur noch blasser und schlauchiger geworden.

Als ich mit den Sachen die Küche verlassen will, sagt Katharina schnell: »Bin gleich wieder da.« Und huscht in ihr Zimmer. Sie macht die Tür mit Nachdruck hinter sich zu, und ich ziehe mich so schnell wie möglich aus und auch wieder an. In der Jacke gehe ich etwas unter, was Katharina nur bestätigen dürfte, dass sie mit dem athletischen Jackenbesitzer Arvid die richtige Entscheidung getroffen hat.

Als Katharina zurückkommt, hat sie einen Jutebeutel und eine Plastiktüte dabei. »Für die nassen Sachen«, sagt sie und reicht mir die Tüte. »Und das … hatte ich mal zusammengesucht.« Ich schaue in den Jutebeutel. Darin sind zwei Bücher von mir, *Der Meister und Margarita* von Bulgakow und *Die 13½ Leben des Käpt'n Blaubär,* eine Sonnenbrille, ein Paar Kopfhörer, zwei Boxershorts, ein aufblasbares Nackenkissen von der Lufthansa. Dachte sie ernsthaft, ich würde das Kissen vermissen? Ich bedanke mich und versichere, dass ich bei mir auch noch nach einigen Sachen von ihr suchen würde, wie man das halt so sagt, und sie sagt, keine Eile, und ich sage, gut. Katharina steht kurz unvermittelt vor mir, dann dreht sie sich um und packt mir noch etwas in den Jutebeutel. »Marzipan. War heute im Adventkalender von meiner Mutter. Mag ich nicht. Aber bei vier Kindern kann man ja schon mal durcheinanderkommen, wer was gerne hat. Ein verspätetes Geburtstagsgeschenk quasi. Ich hatte noch angerufen, aber du warst wohl beschäftigt.« Sie lächelt, und ich lächle und will mich hinunterbeugen, um Katharina zu küssen, obwohl diese Sachen-Zurückgeberei ja das Gegenteil von Annäherung signalisiert. »Das ist sehr lieb«, sage ich leise. Katharina entgegnet noch leiser: »Kein Thema.« Ich mache wie ferngesteuert einen Schritt auf sie zu. Ich glaube zu bemerken, wie Katharinas Augen größer werden. Sie wendet schnell den Blick ab und verschränkt reflexartig die Arme vor der Brust. Ein nonverbaler Korb. Sie findet ihre Stimme wieder und fragt etwas zu laut, um authentisch zu sein: »Und wie läuft es bei dir mit der Arbeit?« Gut, dann machen wir also das.

Ich antworte natürlich nicht ehrlich, wie egal mir der Job geworden ist und wie egal ich für die Leute dort bin und dass die Chefin nicht mal mehr weiß, wie ich heiße. Ich erzähle auch nichts von meinen Eltern oder dass ich morgen nach Bochum fahren muss. Ich sage, wie jeder normale Mensch, der nach zweieinhalb Jahren Beziehung verlassen wird und dann auf seine perfekte Ex-Freundin trifft: dass alles bestens ist. Arbeit, Sport (ich habe nicht mal ein Bild von einer Sportart im Kopf, die ich mich praktizieren sehe), Ernährung. Alles super. »Ich bin echt im Flow in letzter Zeit, muss ich sagen.« Was?! Ich bin im Flow in letzter Zeit!? Wer redet so? Warum rede *ich* so? Katharina sieht nicht überzeugt aus, aber sie will mich auch nicht weiter quälen. Ich bedanke mich noch mal für den Schlüssel, und sie antwortet, wie selbstverständlich das doch ist, und ich sage, dass ich auch leider los muss, weil ich gleich noch unbedingt Sport machen will. Als ich endlich wieder im dunklen Hausflur stehe, verabschieden wir uns. Weil ich beide Hände voll habe, können wir uns wieder nicht umarmen, was ich diesmal schade finde.

Bevor sie in der Wohnung verschwindet, macht Katharina mir noch das Licht im Treppenhaus an. »Ich will ja nicht, dass du mir mit deinen Latschen hinfällst. Komm gut heim!« Jetzt ist sie wieder so selbstsicher wie bei »Baby, du bist ja ganz nass!« Mich freut das, ehrlich. Zumindest ihr scheint es gut zu gehen. Das eben war wahrscheinlich nur alte Gewohnheit. Ich streune mit meinen Sachen wieder durch die Straßen. Es regnet nicht mehr. Als ich an der Bushaltestelle warte, krame ich Katharinas Marzipan hervor. Ich verputze den ganzen Riegel, noch bevor der Bus kommt, weil der ganze Zucker sicher gegen die Kälte hilft. Nur deshalb. Als ich bei meiner Wohnung ankomme, ist es fast Mitternacht. Drinnen verbanne ich schnell die fremde Kapuzenjacke aus meinem Blickfeld, dann falle ich völlig erschöpft ins Bett. Ich muss morgen vor der Fahrt packen. Katharina zu treffen war viel zu anstrengend. Ich sollte jetzt noch den nassen Jogginganzug aufhängen, aber das würde gerade gar nicht zu mir passen. Ich nehme das plattgedrückte Nackenkissen aus dem Jutebeutel und blase es unmotiviert auf. Sportlicher wird es heute auch nicht mehr. Als es aufgeblasen ist, schiebe ich es unter meinen Nacken, lehne mich an und stelle fest, dass das Teil nicht mal bequem ist. Natürlich nicht. Ich nehme das Kissen in meine Hände, öffne das Ventil, umarme es mit meinen verschränkten Armen und drücke ihm genüsslich die Luft raus. Ein unförmiger Sack, dem die Puste ausgeht. Noch bevor das Kissen platt ist, bin ich eingeschlafen.

4.12. 09:21

Zu Hause?

69 Stunden. So lange bräuchte ich laut Google, um die Strecke von Hamburg nach Bochum zu Fuß zurückzulegen. Die Hälfte der Zugfahrt habe ich in deutlich kürzerer Zeit geschafft. Nach anderthalbStunden bin ich am Bahnhof in Hannover angekommen, wo ich in den ICE umsteigen muss, der mich in weiteren zwei Stunden in meine Heimatstadt bringen soll. Zwei Stunden sind gar nichts. 69 Stunden laufen wäre mir gerade lieber.

Nach meinem unfreiwilligen Ausflug gestern Abend habe ich heute früh zügig packen und Richtung Bahnhof hetzen müssen. Für Frühstück war keine Zeit. Dafür reicht meine Aufenthaltszeit jetzt aus, um mich mit einem Stück Pizza zu versorgen. Ein Stück Pizza von Ditsch, um genau zu sein. Ditsch ist eine Gastrokette, die es an fast jedem Bahnhof einer deutschen, mindestens mittelgroßen Stadt gibt – solide, nicht so teuer wie Kamps und erst recht nicht so pseudointernational wie Le Crobag (Wen wollt ihr damit eigentlich verarschen?). Der Name hingegen ist seltsam. Ditsch. Klingt eher nach dem Geräusch, wenn so ein Pizza-Lappen mit der Belagseite nach unten auf Asphalt klatscht, als nach einem Unternehmen. Flutsch und ditsch, ein verärgertes brrr, und schon freuen sich nur noch die Tauben. Ich schiebe den letzten Pizzarest schnell in meinen Mund, bevor ich über das Gleis laufe und in den ICE steige. Nachdem ich meinen Sitz gefunden habe, schaue ich aus dem Fenster.

Niedersachsen sieht überall so flach und gleich aus, dass das etwas Meditatives hat. Kopfhörer auf, Tocotronic an. Ich will Katharina schreiben, dass ich auf dem Weg bin. Sie würde fragen, wohin und dann wahrscheinlich wieso. Also packe ich das Handy weg und verschränke die Arme vor dem Oberkörper, lehne den Hinterkopf seitlich gegen das Kopfkissen. Feld. Hecke. Feld. Bauernhof. Birken. Tocotronic singen von Tagträumen im Regen und Apfelkorn. Eine Stunde, vierzig Minuten. Der ICE nähert sich Bochum und damit ich mich den Problemen dort. Ich schließe die Augen. Mein Wecker brummt wenige Kilometer vor der Haltestelle Bochum.

Ich raffe alles zusammen und werfe meinen Rucksack über die linke Schulter. Noch während der Fahrt stehe ich im Gang. Für die anderen Passagiere sehe ich wahrscheinlich aus wie jemand, der es kaum erwarten kann auszusteigen. Wenn die wüssten. Mit quietschenden Rädern kommt der ICE zum Stehen, heute ist die Deutsche Bahn natürlich pünktlich auf die Minute.

Selbst für Leute mit guter Laune dürfte der Bochumer Hauptbahnhof eine Herausforderung sein, weil »grau« die Atmosphäre hier am besten beschreibt. Für Menschen mit mieser Laune tut der Bahnhof wirklich gar nichts. Ein Ort, bei dem man direkt die Schultern so komisch in Richtung Ohren zieht und die Stirn in Falten legt, als würde es gleich regnen. Dazu muss es nicht mal regnen.

Vor dem Bahnhofsgebäude stehen allen Ernstes zwei Weihnachtsmarktbuden. Hier etwas zu installieren, das ansatzweise Besinnlichkeit ausstrahlen soll, wirkt so falsch, dass es schon wieder witzig ist. Die U-Bahn Richtung Herne kommt direkt, und ich fahre nur zwei Stationen, vorbei an der Haltestelle Rathaus, bis ich wieder aussteige. Aus der Station heraus nehme ich die Rolltreppe, die mich nach oben befördert wie einen Bergarbeiter nach seiner Schicht unter Tage. Auch wenn es nieselig ist, erkenne ich den grünen Förderturm des Museums sofort, der sich langsam vor mir aufbaut. Aus dieser Perspektive muss ich mich diesem Ort schon Tausende Male genähert haben. Ich checke kurz die verregnete Treppe und die matschig grüne Wiese davor ab und fühle mich darin bestätigt, was für ein Fake meine Schneekugel-Utopie war.

Einmal die Straßenseite gewechselt, und ich komme in die Speckschweiz, unser altes Viertel. Noch zwei Minuten Fußweg, und ich stehe vor unserem Haus. Mein Schlüssel, zum 16. Geburtstag feierlich überreicht und seitdem nicht verloren, passt. Ich bedauere das kurz, dann trete ich ein. Ich stehe im zu kleinen Flur, wo mir dieser Geruch in die Nase steigt, den es wahrscheinlich immer schon gegeben hat, der einem aber nur auffällt, wenn man eine Zeitlang nicht da gewesen ist. Es gibt zu wenige Kleiderhaken, das war auch schon immer so, also lege ich meine Jacke über dem Schuhschrank ab und gehe ins Wohnzimmer. Die Wände sind in warmen Rottönen tapeziert. Terracotta. Raufaser. Die Sitzcouch zieht sich L-förmig an der rechten Zimmerwand entlang bis zur Fensterseite. An ihrem äußersten Ende, neben seiner Hundedecke und nicht darauf, weil er auch im hohen Alter noch Punk ist: unser Hund Karlchen.

Der kleine schwarze Straßenmix, der mittlerweile eine angegraute Schnauze hat und glasige große Augen, schaut mir entgegen, dann wägt er scheinbar ab, wie viel seiner mäßig ausgeprägten Wachhundskills die Situation erfordert. Er hebt den Kopf und bellt genau zwei Mal, das muss aber auch reichen. Mittlerweile ist Karlchens Speckfalte im Nacken um den gesamten Schädel gewandert, und er lugt aus ihr hervor wie ein Philosophiestudent aus seinem Rollkragenpullover. Ich massiere ihm die Falte vom Nacken über den Rücken, und das Karlchen schließt vertrauensvoll seine großen Augen und genießt. »Na du, sind wir heute alleine hier?« Das Karlchen gibt nur ein entspanntes Schnarchen von sich, doch aus dem Nebenraum höre ich noch etwas: »Ja, dat könnte dir so passen, wat?« Es nähern sich vier Softgummireifen, dazu klackern seniorenfreundliche Hausschuhe.

Meine Oma steht mit ihrem Rollator im Wohnzimmer und nickt mir zu. Sie trägt eine Hose mit Bügelfalte und über ihrer Bluse eine hellbraune Weste. Extragroße Taschen. Sie schaut mich durch ihre dicken Brillengläser hindurch an und prüft vermutlich die Basics: Isst er genug? Sind die Schnürsenkel zu? Sollte er sich kämmen? Scheinbar bestehe ich die erste Sichtung. »Hallo Oma, freut mich, dich zu sehen.« Ich umarme die kleine Frau etwas ungelenk, und sie klopft mir auf den Rücken. »Tach, Junge.« Meine Oma nimmt auf ihrem Rollator Platz, ich hole uns Wasser, dann setze ich mich neben das Karlchen aufs Sofa. »Da bin ich also wieder hier.« Stelle ich fest. »Ach nee.« Okay, das wird zäh hier. »Ja, ich hätte gedacht, dass ihr vielleicht etwas vorbereitet habt, jetzt, wo ich da bin, oder …« Weiter komme ich nicht.

»Ja, dat glaubse auch. Solln wa gleichn Bohai machen hier? Nur weil der Junge sich ma wieder blicken lässt?« Okay. Weniger über mich erzählen, vielleicht klappt das besser. »Wie geht es dir denn, Oma?« Oma Magda winkt nur ab und streckt ihre Hand nach dem Karlchen aus. Der robbt sich direkt ran und holt sich seine Streicheleinheiten ab. Keine Frage, wer von uns beiden hier gerade der Liebling ist.

»Und der Papa …«, versuche ich weiter, denn viel schlimmer kann das Gespräch kaum verlaufen. »Will getz inne Laube wohnen. En Lattenschuss muss der haben, sach ich dir ganz ehrlich. Aber dat kann dir die Mama man erklären. Ich reg mich nur auf.« Dann machen wir es heute wohl spannend im Hause Jankowski. »Und wo ist …?« »Arbeitet noch.« Oma Magda ist selbst für Ruhrgebietsverhältnisse kurz angebunden. »Gut, dann pack ich mal aus, und wir reden später noch mal, wenn Mama zurück ist. Bis gleich.« Ich berühre meine Oma an der Schulter. »Haste Dreckwäsche dabei?« »Was?« »Im Rucksack. Dreckige Wäsche.« »Ach so, äh nein. Aber ich ordne mal alles.« Das scheint für meine Oma wohl gerade sehr wichtig zu sein. Ich schaue auf dem Weg in mein altes Kinderzimmer aus dem Fenster. Man kann den Förderturm von hier aus sehen, auch die Kleingartenanlage. Von hier aus ist zumindest alles unauffällig, aber das will nichts heißen.

Das Zimmer ist eine komische Hybridform aus Rumpelkammer und Jugendzimmer. Hier treffen sich Vergangenheit und Gegenwart: Meine Eltern haben mein 90x200-Zentimeter-Bett nie abgebaut, auch der alte Schreibtisch ist noch da und meine Stereoanlage, die Poster an der Wand – *Harry Potter,* The Prodigy, *Pulp Fiction.* 18 Jahre Fan-Tum der unterschiedlichsten Sorte. Seit meinem Auszug ist der kleine Raum mit der holzvertäfelten Schräge aber um einige Kartons und ausrangierte Stühle erweitert worden. Außerdem wird hier jetzt offenbar drin gebügelt, und es steht ein Fitnessrad in der Ecke. Der Sitz hat eine dünne Staubschicht, also wird es eher nicht zum Sport benutzt, sondern steht hier, um erst mal aus den Augen und damit aus dem Sinn zu sein. Nachvollziehbar.

In der Anlage liegt tatsächlich noch eine CD. *Bravo-Hits 36.* Wahnsinn! Die müssen Katharina und ich hier noch mal gehört haben – ironisch, natürlich. Wenn es die Bravo-Hits heute noch gibt, dann dürften die Nummern mittlerweile im vierstelligen Bereich angekommen sein. Ich lasse mich auf mein Bett fallen. Es ist frisch bezogen und riecht nach Weichspüler und Kindheit. Ohne lange zu suchen, findet meine linke Hand mit einem Griff Burriquito, meinen alten Stoffesel, der am Kopfteil des Bettes zwischen Matratze und Wand klemmt. Es gibt Fotos von Burriquito und mir, da ist er größer als ich. Mittlerweile kann ich seinen plattgedrückten Körper perfekt als Kopfkissen benutzen. Ich atme durch und schließe die Augen.

Bevor ich die Augen wieder öffne, höre ich ein Rascheln in meiner unmittelbaren Nähe. Kurz darauf sehe ich meine Mutter, die in meinem Kinderzimmer steht und über dem Rucksack kniet. »Hey, w-was machst du da?«, frage ich. »Ich suche die dreckige Wäsche. Hast du Dreckwäsche dabei?« Meine Mutter riecht prüfend an einem Shirt, dann wird weitergesucht. Woher kommt dieses allgemeine Interesse an meiner Kleidung, egal ob sauber oder nicht? Wahrscheinlich bin ich hier nach der Schulzeit noch zum Waschen hergekommen. Und sowas bleibt dann hängen. Das eigene Elternhaus kommt ja eh mit festen Regeln, wie der, dass es okay ist, anderer Leute Klamotten zu durchwühlen. Oder die ewig gleichen Kindheitsgeschichten rezitiert werden müssen, am liebsten vor Besuch, oder dass Anklopfen scheinbar obsolet ist. »Ich kümmere mich schon um die Sachen. Danke. Ich hab nur kurz die Augen zugemacht.« Keine Reaktion. Sie buddelt sich zu den Boxershorts durch. »Mama, lass gut sein! Bitte.« Endlich lässt sie von dem Rucksack ab.

»Hallo erst mal.« Ich stehe auf, und wir umarmen uns. »Hallo, Großer. Wie war die Fahrt?« »Och, ganz ruhig soweit.« Ruhiger als hier, denke ich kurz. »Und bei euch?«, setze ich möglichst unverfänglich an. »Ach …« Meine Mutter setzt sich auf das Bett und greift nachdenklich nach Burriquitos langen Ohren. Sie deutet auf den Platz neben sich, und wir sitzen gemeinsam auf der Bettkante, schauen auf den durchwühlten Reiserucksack. Jetzt ist nicht der Zeitpunkt, um fehlende Privatsphäre anzusprechen. Ich entscheide mich dafür abzuwarten, was mir meine Mutter erzählen will.

»Also, der Papa ist ja jetzt seit ein paar Monaten in Rente. Das lief alles nicht so toll, Nico. Den letzten Tag bei der Arbeit hat er sich, naja, anders vorgestellt.« »Wie, anders?«, frage ich nach. Mein Vater hatte in seinem Arbeitsleben die verschiedensten Jobs. Allein, als ich noch zur Schule ging, hatte er vier verschiedene Arbeitgeber. Meine Mutter hat immer in der Pflege gearbeitet. Die letzten zwölf Jahre bis zur Rente hatte mein Vater einen Job als Hausmeister in einem Museum in Bochum. »Es gab quasi nur den Händedruck von der Museumsleitung. Aber sonst hat das niemanden groß gejuckt, dass Werner da aufhört. Die Kollegen haben da nichts gemacht, schofeliges Verhalten. Da war er schon geknickt. Und sauer. Ja, und dann hatte dein Vater viel Zeit, das ist ja nie gut, weißte ja selber.« Das stimmt.

Mein Vater hatte einige Episoden in seinem Leben, an die ich mich spontan erinnern kann, bei denen er nicht das gemacht hat, was am naheliegendsten gewesen wäre. Und das hatte tatsächlich viel damit zu tun, dass er gerade wenig Beschäftigung hatte. Ich muss noch in der Schule gewesen sein, da hatte es im Museum eine Ausstellung gegeben, Nordeuropa, und meine Mutter hatte schon Schweißperlen auf der Stirn, wenn sie nur daran gedacht hatte. Zu Recht. Als die Ausstellung zu Ende war und mein Vater Urlaub hatte, hat er zwei lebensgroße Rentiere aus Metall in den Kleingarten gekarrt.

Dazu gesellten sich im Laufe der Jahre verschiedenste Ausstellungsstücke dazu, die Wohnung quillt seit Langem schon über. Und meine Mutter hat das alles toleriert, auch wenn es anstrengend war. Mittlerweile sind sie kein Paar mehr, aber ich würde sagen, dass meine Mutter eher wie eine große Schwester auf meinen Vater achtgibt.

Die erste Trennung gab es, als ich in der Grundschule war. Für etwa ein Jahr haben meine Mutter und ich auch eine eigene Wohnung gehabt, mein Vater ist mit seiner Mutter in dem Haus hier geblieben. Dann haben sie es wieder miteinander versucht, wir sind wieder eingezogen, und es gab Probleme mit meinem Vater, ihm wurde gekündigt. Wir sind hier geblieben, meine Mutter hat sich darum gekümmert, dass alles lief. Und irgendwann war klar, dass die beiden nicht zusammen sind, aber irgendwie zusammengehören. Meine Mutter hatte andere Beziehungen, die beiden haben sich arrangiert. Aber seit ich mich erinnern kann, gab es immer wieder solche Stolpersteine. Wie jetzt.

Meine Mutter räuspert sich: »Naja, und dann hat er sich weiter zurückgezogen und irgendwo diese Bücher aufgetrieben. Schamanisches Heilen. Die Energien der Natur oder so. Ich kenn mich da nicht aus, aber dein Vater ist Feuer und Flamme. Was die Natur uns allen gibt und was wir ihr zurückgeben sollen. Ja, und dann hat er angefangen, sich mehr in der Laube aufzuhalten, und jetzt hat er Nägel mit Köpfen gemacht und ist da hingezogen. Stand hier mit dem Rollkoffer und dem Schlafsack und hat noch in der Küche ein paar Dosen eingepackt. Ravioli und so …« Ich höre zu und bin wirklich nicht sicher, wie viel davon wahr ist. Wahr sein kann. »Okay.« Wow,

Nico, zwei Silben, guter Anfang. »Und du meinst, dass er das ernsthaft durchziehen will? Also er will da jetzt wirklich wohnen?« »Ich weiß es auch nicht, Nico. Dein Vater hat die letzten Wochen viel gelesen, wenig geredet. Und wenn, dann war es wirklich unverständlich. Hier in der Wohnung ist es ihm wohl zu eng. Also ich konnte mir keinen Reim drauf machen, diese Schamanen-Sache alleine.« »Und hast du ihn seitdem mal besucht?« »Ja, aber da konnte ich kaum mit dem Werner reden. Der war ganz in seiner Welt. Du wirst das schon sehen, wenn du hingehst. Nico, wir brauchen dich da jetzt. Ich mache mir Sorgen, ob dein Vater überhaupt noch was mitbekommt. Und wenn der Verein das mitkriegt, dass da jemand schläft, dann muss er da raus. Und wo soll er dann hin? Auf die Straße?« Meine Mutter hat feuchte Augen. Ich lege den Arm um sie.

»Ach Quatsch, Mama. Das passiert schon nicht. Ich geh morgen hin und rede erst mal mit ihm. Vielleicht klärt sich das ja alles.« Meine Mutter nickt. »Vielleicht lässt du dich drauf ein, was er dir da erzählt? Wenn dein Vater sich nicht ernst genommen fühlt, dann macht er gleich zu.« Wahrscheinlich hat sie recht. Schamanismus und das in Verbindung mit einem Ruhrgebietsoriginal wie meinem Vater ernst nehmen? Herausfordernd. »Ich versuch's. Vielleicht ist es ja halb so schlimm, was er sich da ausgedacht hat.« Meine Mutter wirkt etwas zuversichtlicher. »Ist auf jeden Fall gut, dass du mal wieder hier bist. Nicht nur wegen Werner.« Ich bin mir da noch nicht sicher. Trotzdem sage ich: »Ja, finde ich auch.«

»Aber die Oma ist nicht so begeistert?« Meine Mutter winkt ab. »Ach was. Die ist nur durcheinander wegen ihrem Sohn. Da ist sie etwas ruppig, also noch mehr als eh schon. Zu mir auch, wirst du schon sehen. Aber sie wollte auch, dass du endlich herkommst. Hat dir doch extra Geschenke gemacht.«

Meine Mutter schmunzelt zum ersten Mal. »Und was für welche«, sage ich und muss auch schmunzeln. Meine Mutter steht auf. »Wir machen gleich Abendessen.« »Gut.« Sie zeigt auf den Rucksack. »Und das Chaos hier bringste noch in Ordnung, ja?« *Privatsphäre,* denke ich. Aber ich nicke nur. »Und für die Jacken haben wir Kleiderbügel. Musste doch nicht in den Flur legen.« Einfach nicken, denke ich. Bevor sie mein Zimmer verlässt, dreht sie sich nach mir um. »Nico?« »Ja?« »Schön, dass du da bist.«

5.12. 08:02

Raufasernächte

»Nico, aufstehen! Du hast Besuch!« Ich höre meine Mutter an der Wohnungstür. Ich trage nur den übergroßen und durchnässten Pullover von Katharinas Neuem, das ist alles. Er ist so groß und schwer, dass ich darin nur unter Ächzen ins Wohnzimmer finde. Dann sehe ich die beiden Gäste, und mir stockt der Atem: Katharina, in einem bodenlangen, weißen Kleid und mit einer Decke, in der sie etwas Kleines im Arm wiegt und an ihre Brust drückt. Neben ihr: der verdammte Arvid, in eng anliegender Kletterausrüstung, die jeden Muskel besonders hervorhebt. Alles daran ist ungerecht, das fängt schon bei seiner Surferbräune im Dezember an. Meine Mutter und Oma hüpfen hocherfreut um die beiden Neuankömmlinge herum.

Als ich bemerkt werde, bricht allgemeines Gelächter aus. »Is das etwa dein Ex-Froind?«, fragt der schöne Arvid überrascht mit dänischem Akzent. Katharina nickt nur, während sie sich immer noch schüttelt. Arvid übernimmt: »Hej, mein Froind. Süßer Pulli. Darfst du behalten.« Ein böses Grinsen huscht über sein Gesicht. »Ich habe dir ja schon genug genommen.« Jetzt legt er Katharina bestimmt die Hand auf die Hüfte. »Deine Froindin …« Arvid schaut langsam an mir herunter, ich stehe verschämt im Raum und zupfe den Pulli zu den Kniescheiben. Erfolglos. »Deine Würde, scheinbar. Und jetzt …« – Arvid breitet genüsslich die Arme aus – »… deine Familie!« Wie zwei aufgeregte Teeniemädchen, die es unverhofft in die Cheerleader-Mannschaft ihrer High School geschafft haben, springen meine Mutter und meine Oma dem grinsenden Arvid entgegen. Warum ist Oma Magda so fit? Und was ist das hier überhaupt für eine Zusammenkunft?

Meine Oma räuspert sich: »So. Ich hol getz erst ma dem Nico sein Sparbuch vom Knax-Klub. Dat haun wa aufn Kopp. Dich mag ich eh viel lieber.« Bitte was? Arvid wird abgeknutscht, dann verschwindet Oma Magda. Zu mir war sie nicht ansatzweise so nett. »Was soll das denn hier?«, rufe ich, aber niemand hört mich. Ich nähere mich der merkwürdigen Gruppe und erkenne, was Katharina da in ihren Armen wiegt: Eingewickelt in eine selbst gehäkelte Decke glubscht das verzückte Karlchen Katharina und Arvid mit liebenden Augen entgegen. Diese verengen sich schlagartig, als sich das kleine Hundeköpfchen zu mir umdreht. Karlchen fletscht die Zähne und knurrt bedrohlich. »Wow, Kumpel, du bist echt unbeliebt«, stellt Arvid fest. »Und dein Vater ist auch allen egal. Für dich ist hier kein Platz mehr.« Allgemeine Zustimmung, dann kommt meine Oma mit meinem Sparbuch und meinen Teilnehmermedaillen der Bundesjugendspiele wieder. Die hängt sie dem neuen Star der Jankowski-Familie um den Hals und bugsiert mich unsanft in ihren Rollator. Ich kann gar nichts sagen, da werde ich schon mit vereinten Kräften der Anwesenden gegen die Wohnzimmerwand gefahren. Ich kralle mich fest. »Neeein!«, schreie ich, doch ich werde wieder nicht gehört und falle bereits in einen Sumpf aus mediterraner Raufasertapete. Ein Strudel aus Terracotta zieht mich immer tiefer, und ich kann nichts ausrichten. Ich falle.

Ich reiße die Augen auf und bin schweißgebadet. Als ich mich sortiert habe und im Bad war, gehe ich ins Esszimmer. Meine Mutter ist schon bei der Arbeit, meine Oma ist vor dem Fernseher geparkt. Wahrscheinlich hat sie schon vor Stunden gefrühstückt und verfolgt jetzt eine Wiederholung von *Gefragt – Gejagt*. Für Menschen über 70 hat das ja Suchtpotenzial. Es gibt noch Kaffee, den brauche ich auch, besonders nach diesem furchtbaren Traum. Warum kann ich mich an so etwas erinnern? Wenn ich das Gefühl habe, etwas Angenehmes, Hoffnungsvolles geträumt zu haben: keine Chance, dass mir das noch mal einfällt.

Ich sehe mich um. Keine Risse in den Tapeten, und dass mein Knax-Klub-Sparbuch noch da ist, dürfte auch relativ wahrscheinlich sein. Man muss die kleinen Dinge halt auch wertschätzen, denke ich und schmiere die zweite Lage Schokocreme auf meine Scheibe Vollkornbrot. Es ist gleich neun. Ich sitze zwischen meiner Oma und dem Karlchen auf dem Sofa und starre auf den Röhrenfernseher.

Als hätte es instinktiv gespürt, dass ich hier nur prokrastiniere und nicht wirklich für Alexander Bommes schwärme wie das restliche Wohnzimmerpublikum, steigt mir das Karlchen mit den Vorderbeinen auf den Oberschenkel. Ich könnte schwören, dass er mit dem quadratischen Kopf in Richtung Kleingarten zeigt. Okay, gewonnen, aber du kommst mit. Ich leine das Karlchen an und verabschiede mich von meiner Oma, die etwas brummelt, ohne vom Fernseher wegzuschauen.

Keine fünf Minuten später stehen das Karlchen und ich im Kleingarten. Im Winter ist es hier ruhig. An den Bäumen hängen keine Blätter, geschweige denn Äpfel, und die meisten Lauben sind verrammelt. Die Anlage besteht aus einem

Weg, an dem sich die Parzellen aufreihen wie bei einer Western-Stadt, die nur aus einer Straße besteht. Ich biege vom Vorplatz des Bergbaumuseums ab. Das Karlchen stellt sich schlagartig tot, damit ich es den restlichen Weg entlang trage. Klappt. Wir nehmen die Treppen hinunter zur Kleingartenanlage. Ich spüre Karlchens Puls an meiner Brust, wir sind wohl beide aufgeregt, der kleine Scheißer ist ein guter Support, denn ehrlich gesagt habe ich etwas Angst vor dem, was mich erwartet. Unsere Laube erkenne ich schon von Weitem, hinten links, gegenüber vom Vereinsheim, die einzige, die in Blau-Weiß gestrichen ist. VfL-Farben. Wir gehen die Western-Anlage entlang, und meine Schritte werden langsamer, vorsichtiger. Ich höre keine Lebewesen, nur mein eigenes Stapfen und Karlchens Atmen. Ein rollender Busch, der von links nach rechts durchs Bild fliegt, das würde jetzt passen. Doch das Einzige, was hier unmotiviert umherbaumelt, ohne eine ganze Umdrehung zu schaffen, ist ein altes Windrad in Form einer Sonnenblume. Flaute im düsteren Schmechtingswiesental. Noch etwa 30 Meter, und durch die Stille dringt: Trommeln.

Eine dumpfe Abfolge von Klopfgeräuschen, langsam, monoton. Je näher wir der Hütte kommen, desto lauter wird es. Das Karlchen will sich in meiner Jacke verkriechen, und ich lasse den Hund in meinem Kapuzenpulli verschwinden. Neugierig glubscht er mit nur einem Auge aus dem Zipper hervor, die Spannung steigt bei uns beiden. Wenige Meter noch, und der Takt des Trommelns nimmt Fahrt auf. Ich stehe vor dem Gartenzaun und lasse die Kupferglocke erklingen. Keine Reaktion. »Papa??«, rufe ich. Ich setze das Karlchen ab und steige über den Zaun. Ich klopfe an die Tür, und tatsächlich, das Trommeln wird unterbrochen. Jemand nähert sich schwerfällig der Tür. »Wer da?«, höre ich aus der Laube. *Wer da*, sind wir hier im Mittelalter oder was? »Papa? Ich bin's.« Stille. »Nico?« Ich werde ungeduldig. »Ja, wer nennt dich noch Papa?« Die Tür wird erst einen Spalt geöffnet, dann schwingt sie ganz auf. Und da steht er, in voller Pracht: Werner Jankowski oder das, was von ihm noch übrig ist.

Mein Vater trägt Hausschuhe, dicke Socken, in die eine Jogginghose an den Knöcheln eingepackt ist, dazu ein langärmeliges T-Shirt mit einem jaulenden Wolf vor einem hellblau schimmernden Mond und darüber einen Bademantel, locker umgeworfen wie einen Poncho. Er ist unrasiert und hat strubbelige längere Haare, die von einem Bandana mehr schlecht als recht im Zaum gehalten werden. Er schüttelt sich die weißen Strähnen aus dem Gesicht, bevor seine immer noch strahlend blauen Augen den ersten unverdeckten Blick auf mich werfen. Ich sehe die Freude in seinen Augen, und die wiederum freut mich, egal wie komisch das hier gerade alles ist. Es ist das gleiche Strahlen wie damals, als er mich vom Kindergarten abgeholt hat, von Klassenfahrten. Es war nicht alles schlecht.

»Mein Sohn!«, verkündet mein Vater etwas pathetisch, dann schaut er skeptisch nach links und rechts, ob wir beobachtet werden, und winkt mich zu sich herein. Ich drehe mich nach dem Karlchen um, aber das dreht mittlerweile dem ganzen Geschehen demonstrativ den Rücken zu. Seine Loyalität scheint Grenzen zu haben, und ich kann es ihm gerade nicht verübeln. *Ich sehe dich auf der anderen Seite, Karlchen,* denke ich noch und folge meinem Vater in die Laube.

»Ja, Junge, das ist ja vielleicht eine Überraschung getz, dass du mich hier in meiner bescheidenen Hütte beehrst. Aber schön, natürlich.« Mein Vater klopft mir komisch förmlich auf die Schulter, und ich muss mich erst mal zurechtfinden: Die Laube kenne ich, seit ich denken kann. Früher waren die 17 Quadratmeter hier drin mit Plastikstühlen voll, Kisten mit Wasser oder Bier, Blumenerde, Gartenwerkzeug, sowas. Jetzt erkenne ich den Raum kaum wieder, denn die Fenster sind mit großen Batiktüchern verhängt, das Licht im Raum kommt von einer Deckenlampe, die mit einem eigenhändig geklöppelten Paillettenbehang verkleidet ist. Etwas, das man sich bei POCO Domäne unter »abendländischem Flair« vorstellt. Auf dem Boden befinden sich große Sitzkissen, kleine Teebecherchen und, wie schon von Weitem angekündigt, zwei Conga-Trommeln, mit Fellbezügen umspannt. Dahinter ein improvisiertes Bett, und darüber hängt, wenn schon, denn schon, ein Traumfänger.

Es riecht nach Räucherstäbchen, und ich ignoriere erst mal die vollgerümpelte Küchenzeile hinter mir. Das wäre jetzt zu viel. Ich beende meine Beobachtungsfahrt durch den Raum mit einem Blick auf meinen Vater, der stolz inmitten seines neuen Reichs steht. »Und, wat sachste? Gut, wa?« Ich räuspere mich. »Ja, also. Ist auf jeden Fall was Besonderes jetzt. Hier. Das. Alles.« Mein Vater drückt mir, froh über die Zustimmung, seinen Zeigefinger auf die Brust. »Wusste ich, Nico. Dass du dat hier verstehst. Du bist halt mein Sohn. Setz dich gerne.« Wir sinken auf die Sitzkissen, mein Vater reicht mir so ein südamerikanisches Mate-Trink-Dingsbums. Ich weiß nicht, was das ist, und nippe auch nur.

Mein Vater schaut beseelt auf die Congas. Hat er vergessen, dass ich da bin? Ich zähle die Dinge im Raum, die es auch in einem Eine-Welt-Laden gibt. Zielgruppe: Deutschlehrer, die den August in Namibia verbracht haben. 15 Holzgegenstände später hat mein Vater seine Position nicht verändert. »Vatta!« Mein Vater schreckt aus seiner Trance hoch und lächelt mich an. »Entschuldige, Nico, ich war eben noch so am Connecten.« »Am Connecten …? Womit?« Ich bin gespannt bis besorgt, was kommt. »Ja, Nico, pass auf. Ich bin ja schon seit Wochen dabei, mich hier einzurichten. Da war die Rente ja vielleicht ein Segen, sag ich ehrlich. Jetzt hab ich endlich mal die Zeit gehabt, mich zu fragen: Werner, wat is denn getz noch? Und dann war mir dat irgendwann klar. Dat hier.« Mein Vater deutet um sich und lässt das, was er gerade von sich gegeben hat, erst mal sacken. Er sieht mich an, ich sehe ihn an und weiß wirklich nicht, was ich fragen soll.

»Ja … Also Papa, ich bin hier gerade leicht überfordert. Also ich weiß ja noch gar nicht, was dich hierher getrieben hat. Also ich find's ja schön, auch mit den Trommeln und so.« Mein Vater streichelt stolz über die Congas. »Aber du, ehrlich gesagt, und da verstehe ich auch die Mama, mit dem, was sie gestern meinte: Naja … Was soll das hier?« Mein Vater sieht mich weiter an, dann fängt er an zu kichern und klatscht in die Hände. »Tschuldige, Nico. Manchmal ist das für mich so schwierig, dass dat andere nicht sehen. Nicht sehen können.« Oje, der feine Herr. Ich lasse mich nicht provozieren. »Gut, also die Trommeln zum Beispiel. Ich rufe hier jeden Morgen und manchmal auch öfters am Tag an. Mit dem lauten Geräusch werden die Geister aus anderen Zwischenwelten gerufen. Um mich zu beraten, um mir Kraft zu geben.« Okay, Nico, zieh mit, sonst macht er dicht. »Ach, spannend. Wie ein Krafttier?«, frage ich. »Genau. Hat jeder. Also, ein Krafttier, sein eigenes. Das wissen Schamanen ja seit Jahrtausenden.« Jetzt wird mir noch der Erklär-Zeigefinger vor die Nase gehalten. Das habe ich früher schon gehasst.

»Aber jetzt kommt's: Die Menschen in unserer Gesellschaft, die meisten, muss man ehrlich sagen, die haben da ja den Kontakt verloren. Alle nur noch im Büro. Keiner geht mehr raus. Immer irgend son Bildschirm vorm Gesicht. Da hört doch keiner mehr auf die eigenen Geister. So sieht dat nämlich aus.« Ah ja. »Und dein Krafttier …« Ich schaue auf den Wolf auf seinem Shirt. »Schnee-Eule.« Er bemerkt offenbar meine Verwirrung, dann schaut er ebenfalls auf das Shirt. »Ja, Schnee-Eule gab's nicht mehr.« »Okay, klar. Und mit der Eule quatschen, sorry, wenn das nicht die richtige Formulierung ist, das geht nicht zu Hause, wo es ja sogar … keine Ahnung … fließend Wasser gibt?« Wieder lacht mein Vater. »Nico, zu Hause, da fließt vielleicht dat Wasser, aber sonst fließt da nix. Ich rede von E-ner-gien. Ich rede von Freiheit. Ich muss in der Natur leben, Junge!« Also langsam reicht das hier. »Papa, das ist hier ne Parzelle mitten im Pott! Das einzige Tier, das ich hier gesehen hab, habe ich mitgebracht.« Ich gehe ans Fenster und schaue mich nach dem Karlchen um, das unverändert stoisch am Gartenzaun sitzt.

»Ja, Nico, das ist jetzt für die nächsten Monate ein Anfang, und dann schau ich mal, wo mich die Energien hinwehen.« Monate?? Okay, ruhig bleiben, Nico. »Papa, du weißt aber doch, dass das nicht geht. Schon alleine vom Verein her.« Mein Vater winkt nur ab. »Ja, die werden das auch noch erkennen. Ich tu ja keinem was. Mach dir da einfach keine Sorgen.«

»Papa!« »Was?« Ich will ihm sagen, dass das völlig durchgeknallt ist, kindisch, und dass meine Mutter es nicht verdient hat, nicht schlafen zu können, weil er mit einer eingebildeten Eule reden und hier *Pelle zieht aus* für Erwachsene spielen will. Dann erinnere mich an die Einschätzung meiner Mutter. Dass mein Vater gerade keine Kritik versteht, verstehen will. Also sage ich: »Papa, ich würde das hier echt gerne ganz genau verstehen. Kannst du mir bitte noch mal erklären, was du hier vorhast? Vielleicht morgen?« Wow, das kam fast ehrlich rüber. Aber heute schaffe ich nicht noch mehr Wahnsinn. »Du, Nico, gerne. Ich find das super, dass du hier so offen bist. In zwei Tagen würde mir besser passen. Da mache ich hier sogar schon nen kleinen Workshop mit einer Freundin. Der Vera.«

Die Vera. Okay. Gruselig, wie schnell radikale Ideen Anhänger finden. »Super, Papa. Ja, du musst das verstehen, wirkt erst mal etwas abenteuerlich hier.« »Ja, klar. Aber ich bin mir sicher: Ich führe dich noch auf …« – dramatische Pause – »… Werners Weg.« »Werners was?« »Werners Weg. Mein Workshop-Programm.« Ach du Scheiße. Ich weiß nicht, was ich zu alldem sagen soll. Wenn es ein Tier gibt, das mir Unterstützung leistet, dann ist es weder eine Eule noch ein Wolf. Das Karlchen bellt draußen, und ich fühle, dass es mich hier rausholen will, bevor ich an die Decke gehe.

»Ja, Mensch, Papa, das Karlchen ist schon unruhig. Der muss leider nach Hause jetzt.« »Ach, warum dat denn?« »Tja. *Gefragt – Gejagt* geht weiter.« Ich stehe auf. »Also, Papa. Wir sehen uns übermorgen. Wann ist denn dein …?« »Um 10 kommt die Vera.« »Super, also bis dann. Und vergiss nicht, bald ist Heiligabend!.« Mein Vater verabschiedet mich, und noch bevor ich den Gartenzaun erreiche, erklingen hinter mir die verdammten Conga-Trommeln. Das Karlchen schaut mich draußen ungläubig an. »Ja, du hast mich gerettet, Karlchen. Du Krafthund.« Aus Dankbarkeit trage ich das alte Karlchen den gesamten Weg zurück nach Hause. Und was es mit dem Workshop meines Vaters auf sich hat, darauf bin ich jetzt schon gespannt.

6.12. 15:28

Nikolausüberraschung

»Für vernünftige Schuhe. Vom Nikolaus!« Das neongelbe Post-it mit den fünf Worten klebt selbstbewusst an einem meiner beiden abgewetzten Turnschuhe im Hausflur, versehen mit einem blauen Schein, wie eine Fliege gefaltet. Wie kann man so eine kleine Aufmerksamkeit zum Nikolaustag derartig passiv-aggressiv gestalten? Meine Schuhe sind tatsächlich etwas oll, aber ich habe bis zum Frühjahr nicht vor, andere zu kaufen. Den Schein stecke ich dennoch ein, das Post-it wird zerknüllt. Ich nehme den zweiten vermeintlich verschlissenen Schuh in die Hand und finde darin einen Schokoladennikolaus. Mit dem Mittel- und Zeigefinger, die ich durch das Loch zwischen Sohle und Stoff stecke, hebe ich ihn an, sodass seine lilafarbene Verpackung aus dem Schuh herausguckt. Bei genauerer Betrachtung kann ich keine halb-gut-gemeinte Botschaft an ihm ausmachen, außer der Kalorienangabe, aber die ignoriere ich gekonnt. Ich verstaue alles in meiner Jacke und trete vor die Tür.

Beinahe stoße ich mit einem jungen Vater zusammen, der seine kleine Tochter an der Hand führt. Seine andere Hand umklammert eine Umhängetasche. Ich erahne ein Stückchen künstlichen Bartzipfel darin, das sich beinahe selbstständig macht. Der Mann folgt meinem Blick und schiebt den Bart schnell durch die brabbelnde Tochter unentdeckt zurück in die Tasche. Wir nicken uns kurz zu, dann gehen die beiden weiter und biegen Richtung Kindergarten ab. Ich gehe über die Straße zu dem Haus, in dem auch die Celiks eine Wohnung haben, um Can zu treffen. Seit ich in Bochum bin, habe ich Can noch nicht besucht. Das muss jetzt sein, er schreibt seit Tagen, und ich freue mich ja auch darauf.

Can arbeitet seit zwei Jahren als Sozialarbeiter für ein Obdachlosenprojekt in Dortmund und Bochum. Im Winter fährt er auch im Kältebus mit, da sind Dezember und Januar die krassesten Monate. Heute hat er frei und besucht seine Eltern. Die Celiks wohnen gegenüber von unserem Haus in der Speckschweiz; seit der ersten Klasse hatten deren Tochter Aylin und ich den gleichen Weg zur Schule, bis zum Abi. Dadurch war ich so oft bei den Celiks zu Hause, dass ich auch ihre Eltern und den Bruder gut kennengelernt habe.

Aylin und Can könnten unterschiedlicher nicht sein: Sie ist meistens ganz ruhig und wägt jede Antwort genau ab, macht sich fast schon zu viele Gedanken um alles, und Can … nicht. Der ist ein richtiger Bauchmensch, kreativ und lustig und spontan. Du kannst mit ihm den größten Spaß der Welt haben, aber wenn es darum geht, danach Verantwortung für das entstandene Chaos zu übernehmen, dann hat Can auch ein Talent dafür, schon auf der nächsten Party zu sein. Und um ihm lange böse zu sein, dafür ist er zu charmant. Unsere beiden Familien haben ein gutes Verhältnis, und als ich den Namen Celik auf dem Klingelschild sehe, freue ich mich. Ich musste mich früher auf die Zehenspitzen stellen, um auf die Klingel drücken zu können. Hinter dem Namen sitzt noch immer ein Marienkäfer. Ich klingle, und die Tür schnackt auf. Ich laufe in den zweiten Stock hinauf, und Ferhat, der Familienvater, strahlt mir entgegen. Er ist Can mit grauen Haaren und Schnurrbart und mindestens so charismatisch.

»Nico, so lange nicht gesehen und doch wiedererkannt!« Wir küssen uns auf beide Wangen. »Hallo, Ferhat. Schön, mal wieder hier zu sein!« Ich trete ein, und aus der Küche höre ich Can mit seiner Mutter auf Türkisch diskutieren. Als sie mich sehen, wechseln Defne und Can ins Deutsche. »Nico, wie schön. Wie geht's dir?« Cans Mutter umarmt mich herzlich, und ich sage: »Ach ja, muss ja. Und hier?« »Muss ja!«, erwidert Defne und lacht. Sie hat seit ich sie kenne schlimme Migräne und manchmal ganze Tage, die sie im Bett verbringt. »Ich habe auch eine Kleinigkeit dabei für euch. War heute in meinem Stiefel, quasi.« Ich ziehe den Schokoladennikolaus aus meiner Jackentasche hervor. »Ach, Nico, danke. Den lassen wir uns schmecken«, meint Defne und zeigt ihrem Mann das Mitbringsel. Ferhat schaltet sich direkt ein: »Ahh, Nikolaus, das haben wir euch Jungs schon früher beigebracht, wisst ihr noch? Der Nikolaus …« »… war Türke. Der Bischof Nikolaus von Myra. Das hab ich nicht vergessen, Ferhat!« Cans Vater klopft mir stolz auf die Brust und lacht. »Na, da bin ich froh. Hat wenigstens einer aufgepasst!« Bei den Celiks wurde immer viel über türkische Geschichte gesprochen. Und dass der Nikolaus, den wir noch heute feiern, ein türkisches Vorbild hat, einen Bischof nämlich, der den Armen und Bedürftigen mit Goldmünzen geholfen hat, das hatte Ferhat uns Kindern schon zur Adventszeit erzählt, als wir noch in die Grundschule gegangen sind.

Sein Sohn Can verdreht gespielt die Augen und drängelt sich zu mir durch. Wir umarmen uns. »Ja, der Nico ist ein ganz Toller! Und Leute, ihr kriegt bald noch ganz viel von ihm zu sehen, bestimmt, aber die Männer müssen sich jetzt erst mal beraten. Unter vier Augen.« Ich schaue entschuldigend zu seinen beiden Eltern rüber, die nur verständnisvoll nicken. Can schiebt die Hälfte des Baklava auf dem Esstisch auf einen separaten Teller und geht breitbeinig vorweg durch den Wohnungsflur. Wir stehen in Cans Zimmer, und er zieht die Tür demonstrativ zu, was ich etwas niedlich finde. Das hat etwas von: »Eltern raus!« Can boxt mir auf die Schulter. »Alter, du warst viel zu lange nicht hier. Geht gar nicht!« »Ich weiß, aber hey, deine Eltern wollen mich jedes Mal fast adoptieren, wenn ich dann wieder da bin.« Can stimmt mir lachend zu. »Ja, die würden mich direkt gegen dich eintauschen. Also deshalb kommst du nur so selten? Damit wir dich alle vermissen?« Zwinkern. »Na klar, die Celiks pushen mein Ego.« Ich lasse mich auf dem Bürostuhl nieder und drehe mich einmal, Can fläzt sich auf sein Bett, den Teller Baklava zwischen uns auf dem kleinen Nachttisch. Ich stoße mich mit den Füßen ab und rolle mich zum Gebäck. Sobald man von einem Stück abbeißt, kann man erst mal nicht reden. Ich will wissen, wie es Aylin geht, Cans Schwester, die ich genauso ignoriert habe wie ihren Bruder, nur dass sie das scheinbar nicht so locker genommen hat. Seit Monaten hat sie sich nicht gemeldet. Also frage ich: »Und Aylin?« und nehme direkt ein ganzes Stück, inklusive Pistazien und reichlich Sirup. Egal wie sehr ich jetzt eins auf die Mütze bekomme, ich muss nicht sofort antworten. Can schaut an die Decke und zuckt mit den Achseln. »Sie ist nicht so oft hier wie ich. Das ganze Jahr schon nicht, und wenn wir fragen, ob was ist, kommt nichts. Also nichts Konkretes. Vielleicht hat sie einfach viel Arbeit. Das sagt sie meistens.« Ich fühle mich schlecht.

Letzten Sommer war Aylin noch für ein Wochenende zu Besuch in Hamburg. Und wir hatten uns auch gut verstanden, aber es lief schon nicht mehr gut mit Katharina, und ich glaube, dass ich eigentlich nur darüber nachgedacht hatte. Ich habe Aylin schon gefragt, aber wenn es Aylin nicht gut geht, dann muss man schon mehrfach nachfragen, bis sie sich sicher fühlt, auch etwas zu sagen. »Wir können ja mal was zu dritt machen die Tage. Wenn sie ein bisschen ist wie unsere Eltern, dann springt sie im Dreieck, wenn sie hört, dass du da bist.« Can sieht mich aufmunternd an, vermutlich weiß er, was ich denke. »Klar, das wäre schön«, sage ich.

Can schiebt sich ein Stück Baklava rein, und während er seine Sirupfinger ableckt, fragt er mampfend: »Und dein Papa? Wohnt jetzt echt im Kleingarten? Meine Eltern haben auch schon sowas in der Richtung erzählt.« Baklava essen und reden schließt sich scheinbar nicht für jeden aus. Ich erzähle ihm, was ich gestern in der Laube gesehen habe und dass morgen noch der Werners-Weg-Wahnsinn ansteht. Wie zu erwarten, ist Can nicht sonderlich besorgt. »Also, ich finde das mit deinem Vater irgendwie cool. Versteh mich nicht falsch: Wenn die ihn da rauskicken könnten und sich deine Family Sorgen macht, dann ist das natürlich nicht lustig. Aber dass er da einfach sein Ding machen will, schon cool. Und wer ist diese Vera?« »Keine Ahnung«, sage ich. »Werde ich morgen kennenlernen.«

»Also wenn dein Vater mit der Öko-Nummer da tatsächlich bei Frauen landet, dann sollte ich das vielleicht auch mal machen!« Can lacht, ich nicht. »Ach komm, Nico. Nimm das mal etwas locker. Und wenn wir schon beim Thema sind: Wie läuft's bei dir mit den Frauen, so als Single?« Von solchen Fragen bin ich so weit entfernt, dass ich gar nicht weiß, was ich Can sagen soll. Wahrscheinlich ist das schon die Antwort.

»Keine Ahnung. Das mit Katharina ist ja nicht so lange her. Und jetzt die Sache mit meinem Vater. Ich habe da gerade gar keinen Kopf für denke ich.« »Hm.« Ich warte ab, ob was von Can kommt, aber der ist mit seinem Smartphone beschäftigt. »Also, vielleicht im nächsten Jahr, wenn dann hoffentlich alles ruhiger ist, dann könnte ich auf Dates gehen. Keine Ahnung. Würdest du jetzt auf Tinder unterwegs sein, an meiner Stelle?« »Klar!« Ich schaue ihn ungläubig an. »Na, was denn? Man muss sich doch irgendwie ablenken. Ich wäre schon lange auf Dating-Apps angemeldet an deiner Stelle.« Jetzt bin ich der, der nur »Hm« macht.

»Und deshalb …« Can zeigt mir sein Handy-Display, und ich kann nicht glauben, was ich sehe: Ich schaue in mein eigenes Gesicht, ein Daumen zeigt in die Kamera. Es ist das Doppelkinn-Selfie, das ich Can vor ein paar Tagen aus meiner Küche in Hamburg geschickt habe. »Du hast mir ein Profil erstellt? Auf Tinder??« Can nickt stolz. »Ja, Mann. Und guck mal. Du hast sogar ne Bio!« Unter dem unvorteilhaften Bild lese ich: »Bochumer Junge zurück im Revier. Meldet euch, wenn ihr mich treffen wollt. Coole Kartoffel am Start!« Will der mich verarschen?

»Coole Kartoffel??« Can zuckt mit den Achseln. »Also, ich find's gut. Und ganz ehrlich, was da steht, liest eh keiner. Geht mehr ums Foto.« »Aber das Foto ist scheiße!« »Naja, ich musste halt mit dem arbeiten, was ich zur Verfügung hatte.« »Was soll das denn heißen?« »Ich kann dich auf Tinder bringen, Nico. Ich kann nicht zaubern.« »Alter!« Can schüttelt sich vor Lachen, und ich muss mitlachen, obwohl ich weiß, dass ich sauer sein könnte. »Warum hast du mich denn nicht gefragt, ob ich das okay finde?« Can denkt nach. »Du wärst bestimmt dagegen gewesen.« »Na sicher!« »Siehste.« Can ist manchmal so dreist, dass das, was er sagt, fast wieder logisch klingt. Er nimmt das Handy wieder an sich und fährt mit seinen Ausführungen fort. »Also, ich dachte mir, nachdem du erzählt hast, was da alles los ist bei dir, da könnten so ein paar Dates nicht schaden. Bisschen flirten, das ist gut fürs Selbstbewusstsein, glaub mir. Und da muss ja jetzt nicht gleich was draus werden, Nico.« »Beruhigend.« »Ach, komm. Ich meinte das echt nicht böse. Und einige der Frauen sind echt gut drauf. Mit deinem Profil war es so: Musste ehrlich gesagt schon etwas auf Matches warten, aber hey ... Die, die sich gemeldet haben ...« »Was ist mit denen?« Er zuckt mit den Achseln. »Sind bestimmt nicht oberflächlich!?« Can krümmt sich vor Lachen. »Moment mal! Du hast mich da also nicht nur angemeldet, sondern sogar schon mit Leuten geschrieben? Ist das dein Ernst?« »Nein, nein. Ich respektiere doch deine Privatsphäre!« Ich atme tief durch. So eine Aktion kann auch nur Can bringen. »Du bist echt nicht mehr normal.« Ich werfe ihm eines der Kissen auf seinem Bett an den Kopf. »Jaja, jetzt bist du noch sauer. Aber wenn du eine von denen dann erst mal heiraten willst, dann kommst du angeschissen, um mir dafür zu danken.« »Ja, genau! Bescheuert bist du!« Can winkt ab.

»Nico?« »Ja?« »Wir haben dich hier richtig doll vermisst.« »Fick dich! Was soll ich denn jetzt damit machen?« Can atmet übertrieben stark aus. »Also, ich kann dir doch nicht noch mit dem Schreiben helfen. Ich gebe dir noch die Zugangsdaten für das Profil. Den Rest musst du schon selber machen.« Can richtet sich auf, um seine Ausführungen fortzuführen: »Es ist so: Ich reiche dir die Angel, Nico, nicht den Fisch.« Can steht jetzt auf seinem Bett und wirft mit den Armen eine virtuelle Angel in meine Richtung aus. Ich sitze beleidigt auf dem Drehstuhl und verschränke die Arme vor meiner Brust.

Can tut so, als würde er eine Angelschnur mit der rechten Hand aufrollen. Er zieht an meinen herunterhängenden Mundwinkeln wie an einem virtuellen Karpfen. Can weiß, dass er das nur lange genug durchhalten muss, um keinen Ärger zu kriegen. Wir sind gerade wieder 15 beziehungsweise 17, und ich muss mir Mühe geben, nicht genauso loszuprusten wie Can.

Später verlasse ich die Wohnung, mein Bauch tut weh vor Lachen. Der ist so ein Vogel! Aber zumindest hatte ich für kurze Zeit einfach nur Spaß mit einem alten Kumpel. Und als ich an diesem Nikolaustag an den Wohnhäusern unseres alten Viertels entlanggehe, fallen mir zum ersten Mal einige Deko-Sterne und Tannenbäume an den Fernstern auf. Bis Weihnachten sind es keine drei Wochen mehr. Und egal was dieser Weihnachtsmonat noch an Überraschungen bereithält, er wird bestimmt nicht langweilig.

7.12. 10:04

#laubenliebe

»*Sensationell,* Werner, ehrlich! Das alles hier ist irgendwie so … kompromisslos.« Mein Vater nickt begeistert. Die Dame, die außer mir heute eingeladen ist, *Vera,* ist eine alte Bekannte. Wahrscheinlich für jeden, der aus Bochum kommt.

Ich habe Vera Schnallenbeißer gleich erkannt, als ich sie heute gesehen habe, denn vergessen kann man so jemanden einfach nicht. Vera Schnallenbeißer ist so etwas wie eine Lokaljournalistin in der Stadt, sie hat eine kleine TV-Sendung im lokalen Fernsehen und führt ungefähr durch jedes Event in der Gegend. Die würde noch ihre eigene Beerdigung moderieren, wenn sie könnte, eine ganz unangenehme Frau, die sich überall in den Vordergrund spielen muss. Ich habe mit 15 ein Schülerpraktikum in ihrer Eventagentur gemacht und durfte zwei Wochen lang kopieren, Kaffee kochen und diese gellende, falsche Lache aushalten. An mich erinnert sie sich nicht, was okay ist.

Jetzt inspiziert sie die *kompromisslos* verkleidete Laube durch ihre große, schwarze Marketingbrille und flüstert in regelmäßigen Abständen, wie *sensationell* sie alles findet, als hätte sie ihre rhetorischen Skills bei Karla Kolumna persönlich abgekupfert. Mit ihrer silbernen Daunenjacke, dem asymmetrischen Kurzhaarschnitt und der überdimensionierten Brille sieht Frau Schnallenbeißer für mich aus wie eine futuristische Stubenfliege. Eine Stubenfliege, die unbedingt *gesehen werden* will, mit Leuten, die das auch wollen. Eine, die in Ischgl mit dekadenten Russen Silvester feiern würde. Ich mag sie nicht, und dass sich mein Vater mit ihr zusammentut, wo er ohnehin so neben der Spur ist, gefällt mir nicht. Wir stehen zu dritt in dem kleinen Raum, als mein Vater ein Tonschälchen herumreicht, in dem irgendwas Grünes wuchert. Wie wenig die schicke Schnallenbeißer hier reinpasst, zu ihm und dem ganzen alternativen Tam-Tam, das scheint mein Vater gar nicht zu sehen. Er ist von der Möglichkeit, dozieren zu können, geblendet.

Als mein Vater das Glas öffnet und uns kleine Mengen Grünzeugs zum Probieren ausrupft, macht Vera Schnallenbeißer begeisterte Geräusche. Meint die das ernst? Was hat sie vor?

»Kressesprossen«, lässt mein Vater verlauten. »Eiweißbomben. Ganz natürlich. Hundert Prozent Natur.« Ich lehne dankend ab, nicht so Schnallenbeißer. »Werner, das sind einfach diese kleinen Tipps, die das hier so besonders machen. Und das dürfte auch digital funktionieren, hatten wir ja schon besprochen. Deine Authentizität, diese Hingabe. Sen-sa-tionell.« Mein Vater druckst geschmeichelt rum, ich frage beunruhigt: »Tschuldigung, also, digital, was soll das heißen?« Die Schnallenbeißer lacht gellend auf. »Na, der Medienauftritt Ihres Vaters, Nico. Das muss doch an die Leute herangetragen werden, was hier geschaffen wird. Wir bespielen alle Kanäle mit Werner, das ist zumindest geplant.« Ich schlucke. Schnallenbeißer sprudelt weiter: »Hashtag Laubenliebe. Hashtag Werners Weg. Und und und.« Was passiert hier? »Laubenliebe, 'n Knaller, ne?«, fragt mein Vater aufgeregt. Mir fällt nichts ein.

»Werners_Weg ist schon online gegangen«, wird mir ganz nebensächlich erklärt. »Auf Instagram fehlt noch etwas die Reichweite, aber das sollte sich bald ändern, gerade wenn wir bei Bochum-TV über deinen Vater berichten.« Die beiden schauen mich begeistert an, mich macht diese Kombi extrem nervös. Sensationsgeile Medienfrau und abgedrehter Eso-Rentner. Das kann nicht gut gehen, aber scheinbar mache nur ich mir diese Sorgen, denn ab jetzt komme ich gar nicht mehr an die beiden ran. An meinen Vater sowieso nicht. *Die Vera* spult einen Minivortrag zu Social-Media-Marketing und Zielgruppenorientierung ab, und mein Vater bringt sich direkt ein: Online-Traumreisen & Co., und das sei hier ja alles erst der Anfang.

Ich klinke mich aus, meine Bedenken, ob man das alles vielleicht eher klein, wenn nicht geheim halten sollte, werden abgewiegelt. Resigniert kaue ich auf der Kresse herum, bis sich die beiden mit mir beschäftigen. Auf keinen Fall findet die Vera das Grünzeug so sensationell geil, wie sie getan hat. Was ist das hier? Und wie kann man es aufhalten?

Wenige Augenblicke später werde ich Zeuge, wie mein Vater das klischeemäßigste Ritual schamanischer Praxis, das man sich nur vorstellen kann, an der ergriffenen Journalistin durchführt: Die Frau liegt nun auf einer ausgeklappten Matratze, während mein Vater durch den Raum geht und den Rauch angezündeter Hölzer verteilt. Schnallenbeißer erhält weitere Instruktionen.

»Vera, du suchst gleich ma nach den Geistern in dir. Die sind immer da, hat jeder, nur die meisten Leute haben da keinen Zugang mehr. Ich mach den Konsum verantwortlich. Lenkt uns alle völlig ab von dem, was in dir schon angelegt ist.« Sie hängt ihm an den Lippen. »Und daher dieser Bruch mit dem Gewohnten, Werner? Dein Entschluss, dich hier im Garten auf das Wesentliche zu konzentrieren?« Deutliches Nicken. »SOOO nämlich! Ja, genau!« Mein Vater fühlt sich sichtlich wohl in dieser Rolle. Er doziert weiter: »Schamanisches Arbeiten, das ist einfach Arbeiten anne Basis, an dem, was wirklich jeder in sich trägt. Und da seh ich mich einfach berufen, seit ich mich da eingearbeitet hab.« Schnallenbeißer gibt sich tief bewegt. »Faszinierend, Werner. Ehrlich. Und dass du dein Wissen teilst, einfach toll.« »Na sicher! Du, ich sach ja immer: Reden über Schamanismus, dat is wie wenn du jemand Schwimmen erklären willst, der Wasser nich kennt.« Okay, ich ziehe mich jetzt offiziell aus diesem Strudel aus halbgaren Fakten zurück, auf die Insel der Skeptiker sozusagen. Schnallenbeißer jedoch saugt die Sprüche meines Vaters auf wie ein Schwamm. Ein Schwamm, der schwimmen lernen will. »Und daher, Vera, machen wa einfach mal ne kleine Traumreise. Ganz praktisch sozusagen.« Die Stimme meines Vaters wird jetzt tiefer, ernster. Schnallenbeißer soll ihre Augen schließen, sich auf die Stimmen in ihrem Selbst fokussieren, sie wird davon merklich ruhiger und ihr Körper verliert an Spannung. Ein monotoner Takt, in dem die Trommeln einsetzen, macht sogar mich ein bisschen schläfrig.

»Vera, du wirst im Gespräch mit den Teilen in dir verschiedene Geister treffen. Bei manchen denkste dir vielleicht: Hau ab!« Die Frau auf der Matratze zuckt zusammen und reißt ihre braunen Augen auf. »Aber, keine Panik, is normal. Nicht alle Geister helfen dir. Dann bedankste dich für deren Dienste und suchst weiter nach deinen Hilfsgeistern. Besonders nach deinem« – »Krafttier?«, fragt sie neugierig »SOO! Nach dem, ganz genau. Und wenn de da die Verbindung spürst, in Kontakt bist, du ich sach ma: halbe Miete. Is bei mir auch so: Wat mir die Schnee-Eule alles schon geholfen hat, Entscheidungen, wo will ich hin, wer will ich sein, so im Leben getz, einfach alles. Und dat will ich mit den Leuten teilen. Auch mit meinem Sohn, natürlich.« Er strahlt mir entgegen. Zum Glück kommt mir die Schnallenbeißer zuvor und erwidert: »Also Werner, ich bin so dankbar, mich hier gleich auf diese Reise einlassen zu dürfen. Einfach unglaublich, was hier für Schätze an Ideen in einer einfachen Parzelle bereitstehen.« Das ist wirklich unglaublich, denke ich. »Und wenn das erst mal richtig vermarktet platziert ist. Werner, ich weiß, darum geht es dir nicht in erster Linie, aber das dürfte auch wirtschaftlich spannend sein, dein Workshop-Programm. Kleingärten als Orte spirituellen Wachsens. Strukturwandel, auch für die Seele sozusagen. Ich bin absolut angetan …«

Das Geblubber der beiden nimmt ab, als Werners Trommeln mit Musik aus einem CD-Player verstärkt wird. Ein Panflötenintro erklingt, *El Condor Pasa*. Ich werd bekloppt. Der Geruch von Räucherstäbchen strömt mir durch die Nase, natürlich. Schnallenbeißer liegt da, ihr Gesicht verrät, dass sie hier ehrlich auf der Suche ist. Ich fühle mich wirklich nicht, als sollte ich dabei sein, während mein Vater diese Frau auf eine Reise ins … naja, wohin auch immer schickt. Das hier ist ungefähr so wie völlig nüchtern auf einem Festival mit lauter Menschen zu sein, die sich unter Einfluss von Ecstasy die intimsten Geheimnisse anvertrauen. Man fühlt sich einfach absolut fehl am Platz.

Ich halte mich an den Kressesprossen fest und warte auf die Rückkehr der beiden ins Hier und Jetzt. Langsam, aber sicher werde ich etwas dösig, weil die Räucherstäbchen den Sauerstoff in dem kleinen Raum verringern. Als die Musik und das Trommeln aufhören – ich kann nicht ansatzweise sagen, wie lange das gedauert hat –, öffnet Vera Schnallenbeißer die Augen. Mein Vater fächelt ihr Luft zu, sie bekommt einen Schluck Tee gereicht. Dann lässt sie mit glasigen Augen verlauten: »Ich habe ein Wildpferd gesehen.« Verständnisvoll nickt mein Vater, und offenbar braucht die Dame zum Verarbeiten der Reise einige Zeit. Ich biete an, erst mal etwas frische Luft in die Laube zu lassen, und stelle draußen fest, dass wir hier schon fast zwei Stunden zu Gange waren. Ich fasse einen Entschluss und sage zu meinem Vater: »Du, Papa, danke, dass ich mir das hier anschauen durfte. Ist wie gesagt echt ein bisschen speziell für mich. Und ich denke, ich verarbeite das hier erst mal alles, ja? Also alleine, zu Hause. Wir machen auch gleich Mittag, denk ich.«

Überrascht zieht mein Vater die Augenbrauen hoch. »Ach was? Kein Krafttier für dich heute? Sicher?« »Ja, ich denk, heute wäre das etwas viel. Aber du, ich schau mir einfach mal an, was ihr beiden euch noch so ausgedacht habt. Ist ja scheinbar schon online alles.« Ganz die Medienfrau gibt mir die Schnallenbeißer noch mal den Namen der Social-Media-Kanäle durch, da ist sie wieder schnell in der Gegenwart. Ich bedanke mich und gehe heim. Als ich die Tür hinter mir zumache, höre ich schon wieder aufgeregtes Geschnatter. Da haben sich ja zwei gefunden. Ob das so gut ist?

Zu Hause treffe ich nach ihrem Feierabend auf meine Mutter. Sie will alle Details und wappnet sich beim Kaffee mit einer großen Ration an Spekulatius gegen alles, was da kommen könnte. Nervös mümmelt sie einen Keks weg, dann fragt sie: »Ja und?« Okay. Scheinbar sparen wir uns bei größerer Anspannung unnötige Silben, also erzähle ich direkt. Von Vera Schnallenbeißer. Meine Mutter reagiert besorgt. Von der Traumreise. Meine Mutter reagiert belustigt. Von den

Social-Media-Plänen. Meine Mutter reagiert wieder besorgt. Verständlich, schließlich bedeutet das, dass potenziell die ganze Welt erfahren kann, was bei meinem Vater gerade abgeht. Auch der Verein, und der dürfte das nicht ganz so lustig finden. Sie will ihren Ex-Mann sofort im Netz suchen. Ich verspreche, mir das morgen mit ihr anzuschauen, für heute habe ich schon genug Skurriles aus nächster Nähe mitbekommen. Morgen also die Webversion von Werners Wahnsinn.

Strukturwandel für die Seele … Bisher hat mein Vater seine Hobbys und Vorlieben in der Regel schnell wieder aufgegeben. Vielleicht wird das diesmal auch so sein. Vielleicht ist mein Vater aber auch bis Weihnachten schon zu einem richtigen Guru aufgestiegen und hat sich und seine Gefolgschaft auf das Leben im Kleingarten eingeschworen. Für Jahre. Ich denke darüber nach und knabbere ähnlich nervös wie meine Mutter an einem Spekulatius.

8.12. 10:49

Auf Werners Spuren

Heute früh war ich schon im Supermarkt einkaufen. Ich hasse Einkaufen, und in der Adventszeit ist das besonders schlimm. Überall springen einem grelle Weihnachtsspecials entgegen, von Klassikern wie Schokolade mit Orangen-Zimt-Geschmack bis zu fragwürdigeren Versuchen wie Tütensuppen mit tannenbaumförmigen Nudeln ist alles vertreten. Dazu selbstverständlich rot-weiße Dekoration, überall, eine Horde von Weihnachtsmännern, in allen Größen und teils batteriebetrieben (denn was ist schließlich nicht besser, wenn es winken kann?). Und wenn das noch nicht ausreicht, um den Laden mit Burn-out zu verlassen, dann muss man nur auf die supermarktinterne Radiomusik achten.

Ich bin nicht allzu lange hier und höre schon zum zweiten Mal *Holidays Are Coming.* Natürlich unterlegt mit einem poppig schnellen 4/4-Takt, damit die Kunden ihre Einkäufe beschwingt und großzügig in den Wagen feuern. *Wonderful dreams and love and joy for everyone.* Für jeden? Auch für mich? Ich zucke mit den Achseln (nur in Gedanken natürlich, weil sowas alleine in der Öffentlichkeit machen komisch ist – genau wie in einem Park laut fluchen oder jemandem beim Ausweichen auf der Straße »Hopsala!« zurufen), dann greife ich nach einem Maggi-2-für-1-Angebot »Tagliatelle Tannengrün«.

Vielleicht hilft's ja und beschert uns die viel beschworene Harmonie wie in der aufdringlichen Supermarktmucke. Ich habe keine zehn Artikel gekauft und bin draußen vor dem Laden völlig fertig.

Als ich mit den Einkäufen zurückkomme, wartet meine Mutter bereits am Küchentisch auf mich. Wir räumen die Sachen zügig weg, meine Mutter zeigt sich von der tannengrünen Pasta nicht weiter beeindruckt. Sie will seit gestern den Internetauftritt meines Vaters sehen. Mit dem Spaziergang zum Supermarkt konnte ich es wenigstens etwas herauszögern, mich mit der Sache zu beschäftigen. Wir setzen uns an den Tisch, und meine Mutter zückt ihr Smartphone.

»So, Nico. Diese Seite vom Werner. Wo ist das jetzt? Steht der bei Google drin?« Meine Mutter patscht grobmotorisch auf ihrem Smartphone herum. »Jetzt warte doch mal ab, ich will dir das doch gerade ...« »Ja, jetzt mach auch, Nico. Sag an.« *Sag an, pass auf ...* Ich ignoriere den ungeduldigen Ton und erkläre, was ich weiß: »Diese Vera Schnallenbeißer meinte halt, dass der Papa seine Pläne mit der Laube auch online stellen muss. Er würde das so toll alles darstellen können. Fand er natürlich super ...« Schnauben. »Ja, das glaub ich!«, entgegnet meine Mutter barsch. Sie redet weiter: »Nico, diese Frau ist mir nicht geheuer. Die kann in Bochum alles drehen, wie es ihr passt, und dann posaunt sie das raus in die Welt.« Ich sehe ihr an, wie besorgt sie ist. »Ich weiß, ich kenn die noch von früher. Mir gefällt das auch nicht, Mama.«

Ich lasse mir das Handy geben, und meine Mutter und ich begeben uns gemeinsam auf die Spuren von Werner-was-zur-Hölle-machst-du-da-Jankowski. Was wir finden, ist zwar ähnlich abgedreht wie das, was ich nach meinem ersten Besuch gestern erwartet habe, aber wenigstens sind die Follower-Zahlen auf den Profilen bei Twitter & Co. so gering, dass nicht allzu viele Menschen von meinem Vater Wind bekommen dürften. Meine Mutter schüttelt den Kopf, während sie liest, wie mein Vater mit 140 Zeichen seine neue Lebensphilosophie in die Welt twittert. #Erleuchtung. Sie ist deutlich mehr davon mitgenommen als ich. Eigentlich komisch. Meine Mutter hat schon viel mehr fixe Ideen meines Vaters aufkommen und dann wieder absaufen sehen. Von Vogelhäuschen bauen bis Kneipe aufmachen, alles Projekte, die früher oder später im Sande verliefen. Nur so radikal wie diesmal war das nie.

Nachdem alle Online-Kanäle durchforstet sind, verabschiede ich mich in mein Kinderzimmer. Heute können wir ja eh nichts ausrichten. Ich lasse mich auf mein Bett fallen und schaue noch einmal auf mein Smartphone, wische kurz über das Profil meines Vaters. Für heute habe ich genug davon, also schließe ich die Tabs. Auf dem Handybildschirm lächelt mir die freche rote Flamme der Dating-App entgegen, auf der ich mich dank Can ja ohnehin schon tummle. Schaff ich das heute? Ach, was soll's? Vielleicht hatte Can ja ausnahmsweise recht, und so ein bisschen Abwechslung ist gut für mich. Ich öffne die App und sehe direkt mein bräsiges Selfie. Oh Mann, das hätte ich fast vergessen. Um es mit Schnallenbeißers Marketing-Sprech zu sagen: Bei dem Output kann ich nicht gerade mit einem großem Reachout rechnen. Es ist, wie es ist.

Ich lasse mich tiefer ins alte Kinderbett sinken, lehne meinen Kopf gegen Burriquitos Hufe und stelle Radius und Altersspanne meines Profils möglichst weit auf. Ohne große Aufmerksamkeit wische ich alle potenziellen Dates nach rechts. Viel hilft viel.

9.12. 15:22

#Boomercringe

Im Kortland gibt es den besten Kaffee in Bochum. Ich mag den Laden, auch weil man sich sicher sein kann, dass sie hier keinen Weihnachtspop spielen. Eher Rockmusik. Vor dem Kortland war hier ein Friseur. Bis heute ist noch immer ein Waschbecken aus der Zeit mitten im jetzigen Gästebereich des Cafés angebracht. Im Kortland gibt es keine zwölf verschiedenen Kaffeesorten, und über dem Eingang sucht man vergebens nach einem Schild. Dafür haben sie halt guten Kaffee, und darum geht's ja. Mit dem minimalistischen Design zieht der Laden zwar überdurchschnittlich viele Hipster mit Loop-Schals und Laptops an, aber das ist mir heute egal.

Der braune Zucker auf meinem Milchkaffee ist sternförmig über den Schaum gestreut, das lasse ich noch so gerade durchgehen, und der Schokokuchen ist genial lecker, zu jeder Jahreszeit. Ich klappe meinen Mac auf, um meine Arbeitsmails zu prüfen, und kurz darauf frage ich mich, ob die anderen Leute mich jetzt wohl auch für einen Hipster halten. Du bist 30, Nico, scheiß drauf, was die denken. Ich gratuliere mir zu dieser reifen Erkenntnis und genehmige mir dafür ein besonders großes Stück vom Schokokuchen. Parallel beantworte ich einige Mails. Philipp will meine Meinung zu einer Präsentation. Ich klicke mich schnell durch und schreibe, dass alles in Ordnung sei. Die Chefin schreibt etwas von Projektabgabe noch in diesem Kalenderjahr. Schaffe ich heute eh nicht mehr, also ignorieren. Die Arbeit im Homeoffice zu erledigen hat meiner Motivation definitiv nicht geholfen. Ich lese das Intranet des Verlags quer, vielleicht kann ich mir dann später einreden, tatsächlich etwas gemacht zu haben.

Erst als ein Turnbeutel mit einer eingerollten Schaumstoffmatte an meiner Schulter vorbeischrappt, schaue ich mich um. »Ui, sorry!«, flüstert die Jutebeutelbesitzerin und zieht dabei ihre Augenbrauen mitleidsvoll nach oben. Warum denken manche Frauen, dass sie höflich oder vornehm wirken, wenn sie besonders leise reden? Sie setzt sich gemeinsam mit ihrer Begleitung an den Tisch neben meinem. »Wie gesagt, ich glaube einfach nicht, dass der Marco die Krähe vormacht, weil das jetzt unbedingt den Kurs weiterbringt. Er macht die Krähe, weil er's kann.«

Ah, Yogakurs-Nachbesprechung, denke ich. »Ich weiß, was du meinst«, pflichtet ihr das andere Beuteltier bei. Es trägt seine Haare in einem Bun wie eine Zwiebel und um die Handgelenke mehrere Lederarmbänder. Der Kerl sieht aus wie ein Dennis. So einer, der letztes Jahr für drei Monate in Australien war, und das hat sein Leben total verändert. »Marco halt. Der will gesehen werden.« Ich bin mir gerade sehr sicher, dass Beutel-Dennis in seinen drei Monaten down under kilometerlang ein Surfbrett an der australischen Ostküste auf und ab getragen hat, eben um damit gesehen zu werden. Aber jetzt den Marco anmachen, ja sicher.

Sie bestellen beide Tee. Als ich mich wieder den Mails widmen will, höre ich die Jute-Frau fragen: »Sag mal, hast du schon von Werners Weg gehört? Dem Mann in der Laube?« Ich schrecke zusammen, dann entscheide ich mich fürs Lauschen. Wer würde das nicht machen? »Meine Schwester hat mir heute so ein YouTube-Video geschickt. Lief auch bei Bochum TV.« Bochum TV – das riecht nach Schnallenbeißer! »Also dieser Mann, Werner, ist in einen Kleingarten gezogen. Super radikal, echt. Der verzichtet komplett auf Luxus. Lebt quasi nach seinem Rhythmus, besinnt sich auf die Basics für sein Leben dort. Richtig crazy. Und das Beste …« Ja, was ist das Beste daran? Ich könnte Beutel-Dennis nicht mal erklären, was daran *gut* ist. »… der Mann führt schamanische Rituale durch. Sinneserweiterung und so! Irre, oder? Der will sogar Workshops anbieten. Und das in Bochum. Ich finde das faszinierend.«

Ich suche parallel zu meinem Lauschangriff nach diesem Video. Entweder haben wir es bisher übersehen, oder es ist erst ein paar Stunden alt. »Ich weiß nicht«, entgegnet Beutel-Dennis. »Das Thema ist natürlich interessant, aber das klingt doch sehr nach jemandem, der sich wichtigmachen will. Bisschen abgedreht. Ich würde da nichts zahlen.« Mein Gefühl sagt mir, dass ich diesen Typen schon jetzt genau kenne. Immer am Nörgeln und gönnt nichts. Hoffentlich ist der damals in Australien in einen Seeigel getreten! Moment mal, warum stört mich, wenn jemand meinen Vater für durchgeknallt hält? Das tue ich doch selber!? Als ich das Video finde, setze ich mir Kopfhörer auf, um nicht weiter von den schnatternden Yogis gestört zu werden. Es wurde erst vor Kurzem hochgeladen. Ich skippe mich durch den Beitrag durch, der offenbar etwas größer angelegt war: Verfolgt von einer wackeligen Kamera sieht man Vera Schnallenbeißer in einem dicken Woll-Poncho, die, ganz spontan, zu meinem Vater in die Laube tritt. Zufällig ist der schon verkabelt und hat Tee und Becher und Trockenobst bereitgestellt.

»Revierschamane Werner«, so wird mein Vater vorgestellt, beantwortet brav die Fragen zu seinem Lebenswandel und diesem neuen, ganz persönlichen Abschnitt, Rente, und das im Kleingarten. Dann zeigt er seine Einrichtung, den selbst gefertigten Traumfänger und seine Kressezucht. In der nächsten Einstellung stellen die beiden Schnallenbeißers erste Traumreise nach. Aus dem Off spricht die Frau voller Pathos, welche überirdischen Eindrücke das bei ihr freigesetzt hat. Dann laufen in einer Bauchbinde Seminarpreise für das Werners-Weg-Wunschlos-Glücklich-Programm durch das Bild, erhältlich sind Gutscheine über Schnallenbeißers Eventagentur. Jetzt zoomt die Kamera an den Qualm der Räucherstäbchen auf dem kleinen Tisch heran. Es folgt eine weiße Abblende. Steht das im Film nicht für Tod? Muss ich mir jetzt Sorgen machen? Also ... mehr Sorgen?

Ich will heimgehen und nehme den Umweg am Kleingarten vorbei. Entwarnung: Schon von Weitem höre ich die Conga-Trommeln aus unserer Laube. Mein Vater dürfte also wohlauf sein. Heute will ich aber nicht näher an das Geschehen herantreten. Zu Hause entscheide ich mich erst mal dagegen, meiner Mutter das Video zu zeigen. Die groß angelegte Vermarktung ihres Ex-Mannes und dessen neuer Lebensphilosophie dürfte sie nur noch mehr beunruhigen.

Nachdem ich noch einige Stunden von meinem Jugendzimmer aus gearbeitet habe, meldet sich Can bei mir. Offenbar hat er das Video auch schon gesehen. Und als ich Feierabend mache und noch mal danach suche, sehe ich auch, dass er damit keine Ausnahme ist: Hatte das Video vor einigen Stunden noch weniger als hundert Aufrufe, ist es mittlerweile bei fast 4000 Views. Und jetzt sind auch Kommentare unter dem Video. Oje! Ich lese drauf los, und gleich der erste Kommentar, der mir ins Auge springt, ist … verständnisvoll?

Jule94: *Cooler Typ. Endlich mal jemand, der versucht auszusteigen. You go, Werner!* Die Jule hat sogar einige Likes erhalten. Andere Kommentare sind dafür weniger angetan von meinem Vater. *Der alte Opi will Kohle dafür haben, dass man ihm beim Trommeln zuhört? Dafür sollte man eher Geld bekommen. #Abzocke.* Dieser Gag von Lazerdragon hat 18 Likes gekriegt. Noch mehr Aufmerksamkeit hat allerdings ein anderer Kommentar bekommen: *Schon mal was von »cultural appropriation« gehört!? Das geht gar nicht, wie dieser weiße Mann sich die Kultur der Indigenen von Nordamerika aneignet. Informier dich erst mal ordentlich, was hinter Begriffen wie »Schamanismus« steht!* Auch hier gibt es einige Antworten, manche stimmen zu, andere finden die Haltung übertrieben. Ich kann zeitgleich die Diskussionen zu meinem Vater im Netz mitverfolgen, da die Kommentare immer mehr werden. Einige Hashtags wiederholen sich, besonders #fakeSchamane und #Laubenschamane und #Boomercringe. Besonders Ruhrpott_rabauke78 hält den Internetauftritt für reinen Betrug. Und bekommt dafür viel Zustimmung. Ich zähle schon jetzt über 50 Kommentare, und laut Can wurde das Video auch auf Instagram und Facebook geteilt.

Ihren Einfluss in den Medien hat Vera Schnallenbeißer auf jeden Fall gut genutzt. Ich erfahre von Can, dass es noch einen Bericht zu Werners Weg im Lokalradio gegeben hat und dass es auch auf deren Plattformen heiß hergeht. Werner, der Scharlatan, Werner, der Freak, Werner, der Volltrottel.

Offenbar hat jeder eine Meinung zu ihm. Während ich mich durch weitere Kommentare scrolle, erhärtet sich ein unbequemer Verdacht: Mein Vater ist auf dem besten Wege, ein Internetphänomen zu werden. Und dass sein Umzug in die Parzelle jetzt auch beim Verein bekannt wird, ist nur eine Frage der Zeit. Das kann ja heiter werden.

10.12. 07:58

»Trending Topic«

Ein strahlendes Pärchen. Sie rollt an einem großen schwarzen Tisch Plätzchenteig mit einem Nudelholz aus, und er grinst in die Kamera, während er ein Selfie macht. Auf seinem Gesicht sind Schnurrhaare aus Mehl nachgezeichnet, sie streckt ihre Zunge heraus.

Katharina und Arvid sehen einfach aus wie so ein richtiges Power Couple, egal was sie machen. Die könnten auch Kekse aus Bauschaum formen, und es würde sexy aussehen. Dass ich das schon am frühen Morgen sehe, ist meine eigene Schuld, weil ich Vollidiot ja den Instagram-Account von Katharinas neuem Freund ausspionieren musste. In deren Weihnachtsbäckerei gibt es manche Leckerei. Und mir schmeckt davon genau nichts. Tatsächlich fühlt sich diese Vertrautheit auf deren Bildern an, als würde meine Ex-Freundin eine dieser Ausstechformen auf dem Foto in die Hand nehmen und mit voller Wucht in meine Brust rammen. Einen achtzackigen Stern, aus Edelstahl.

Zu viel Selbstmitleid? Ich darf das. Heute auf jeden Fall. Denn in den letzten Tagen ist nicht nur der bescheuerte Arvid in den Social Media unterwegs. Seit gestern Abend ist Werners_Weg ein »Trending Topic«. Die Schnallenbeißer dürfte sich freuen. Glaubt man der regen Beteiligung unter

den Bildern und Videos zu meinem Vater, dürfte »der Mann in der Laube« das Gesprächsthema der Stadt sein. Alleine dieses Imagevideo, in dem die beiden für die Seminare geworben haben, hat mittlerweile 16.041 Aufrufe. Da ist seit gestern einiges passiert. Es kursiert die Vermutung, dass der Mann in der Laube vielleicht ein Schauspieler ist, es werden dumme Witze über meinen Vater gemacht, man unterstellt ihm, nicht mit dem Altern zurechtzukommen. Scheinbar ist hier jeder ein Psychologe.

Ich will schon jetzt nichts mit diesem Tag zu tun haben. Ich werfe das Handy ans Fußende des Bettes und ziehe die Decke über meinen Kopf. Vor 15 Jahren habe ich genau das Gleiche an genau demselben Ort gemacht, wenn Mathearbeiten anstanden oder ich ohne gemachte Hausaufgaben in den Französischunterricht musste. Und genau wie schon mit 15, als hätte sich gar nichts geändert: »Niiico, du musst aufsteeeeehen!« Ich sag ja: Selbstmitleid ist gerechtfertigt.

Zehn Minuten später stehe ich in der Küche, meine Mutter hat schon Kaffee gemacht. Und Toast. Die Ränder des Brotes hat sie zum Glück nicht abgeschnitten. Ist auch wirklich besser für meinen Selbstwert. Meine Mutter sieht nicht aus, als hätte sie geschlafen. Vermutlich, weil sie das nicht hat. Während ich langsam ganz wach werde, zieht sie sich einen Schal an und legt ihren Mantel raus. Jetzt fällt mir eine große Tasche auf, die vollgepackt an der Küchentür lehnt. Ich kann es mir nicht verkneifen zu fragen, ob sie jetzt auch vorhat, in den Kleingarten zu ziehen.

»Scherzkeks. Nein, Nico. Aber wir beiden gehen da gleich hin.« Aha. Eigentlich nicht verwunderlich, dass sie das vorhat. »Okay … Aber Mama, bist du sicher? Also bist du sicher, dass das eine gute Idee ist, wenn du mit Papa redest? Ich meine, wenn du dich aufregst und ihm Vorwürfe machst … vielleicht ist das genau das Falsche?«

»Wie erfolgreich war deine Methode bisher?« Hm. Punkt für sie. »Na gut. Lass mich noch zu Ende frühstücken, und wir gehen rüber.« Sie nickt, setzt sich und sagt nichts mehr, sondern starrt nur noch auf ihr Smartphone. Ich weiß, dass sie die Kommentare liest. »Mama, lass das doch. Das bringt dir doch gar nichts, das jetzt noch alles zu lesen.« Sie verstaut das Handy, kurz darauf gehen wir los.

»Räucherst du hier Schinken drin, für Heiligabend? Ich falle ja gleich um, Werner!« Qualm mit den Händen weg fuchtelnd eilt meine Mutter zurück zur Tür der Laube, um sie weit aufzureißen. Es ist noch dunkel draußen, und wir sind durch die matschige Anlage getapert, ohne recht zu sehen, wo wir hintreten. Zum Glück ist dieser Winter ziemlich mild.

Von draußen strömt kalte Luft in den kleinen Raum, und nach kurzer Zeit verzieht sich zumindest so viel Rauch, dass wir uns gegenseitig anschauen können. Offenbar beginnt hier jeder Morgen mit einer spirituellen Reinigung durch Räuchern.

Als wir zu dritt um das kleine Teestövchen auf den Sitzkissen in der Laube Platz nehmen, zieht mein Vater seine Steppdecke demonstrativ enger um sich. Ich muss daran denken, wie ich heute das Gleiche mit meiner Bettdecke gemacht habe. Es gefällt mir nicht, aber vielleicht stimmt es, dass der Apfel nicht weit vom … »Brennnesseltee?«, fragt mein Vater, als sei die Situation ein gewöhnliches Pläuschchen an einem Sonntagnachmittag. »Selbst gepflückt. Gut gegen Rheuma.« »Passe.« Meine Mutter sitzt ihrem Ex-Mann mit verschränkten Armen gegenüber. Seit er aus der Wohnung gezogen ist, hat meine Mutter mindestens einmal am Tag einen kleinen Spaziergang zur Laube gemacht. Selbst wenn sie gewollt hätte, sie hätte es nie geschafft, sich nicht zu vergewissern, ob mein Vater wenigstens nicht auf der Straße gelandet ist.

Jetzt sitzen sich die beiden also gegenüber, ich dazwischen, und ich kann mich nicht daran erinnern, wann diese Kombi das letzte Mal so unangenehm war. Und das will was heißen.

Die Anspannung ist meiner Mutter anzusehen: Sie hat die Beine übereinandergeschlagen, und ich bilde mir ein zu beobachten, wie sie ihre Lippen aufeinanderpresst und ihre Kiefer nervös gegeneinanderreibt. So ein Brennnesselblatt würde sie jetzt wahrscheinlich in Sekundenschnelle zermalmen. Sie muss sich nur vorstellen, es sei ihr Ex-Mann.

Dessen herbeimeditierte Gelassenheit der letzten Tage wird gerade offensichtlich auf die Probe gestellt. Er vermeidet Augenkontakt. Zu uns beiden. »Äh!«, mache ich. Puh. Toller Beitrag, um die Stimmung aufzulockern. Jetzt füll die Stille mit ganzen Wörtern, toi toi toi. »Ja, also Papa. Wir waren ja jetzt schon ab und an bei dir und finden das ja auch irgendwo … interessant, was du hier alles machst.« Die Nasenlöcher meiner Mutter weiten sich gerade um 40 Prozent, während sie lautstark ausatmet. »Und jetzt scheint es ja auch einiges an Videos und Bildern und so weiter zu geben, es wird ganz viel über dich gesprochen, haben wir mitgekriegt. Und auch wenn das ja scheinbar deine Absicht war, Papa, auch als du diese Zusammenarbeit eingegangen bist mit der Vera Schnallenbeißer … also, wir vermuten, dass dir das etwas über den Kopf zu wachsen droht. Und um ehrlich zu sein, es wäre langsam wirklich an der …« »Meine Güte, wie kann man denn so rumdrucksen, Nico? Also echt. Werner, pass auf!« *Pass auf* – okay, scheinbar ist mein Part jetzt beendet.

»Die Leute reden über dich. Machen sich lustig. Wenn du hier jetzt noch irgendwelche Kurse unterrichtest oder was weiß ich, wie man Freundschaftsbänder häkelt, dann ist hier bald zappenduster. Dass der Vorstand dich noch nicht rausgeworfen hat, ist doch sowieso ein Wunder!« Mein Vater scheint ernsthaft über das nachzudenken, was ihm gerade an den Kopf geworfen wird. Er versucht, sich zu melden, hebt sogar den Zeigefinger, hat aber keine Chance. Mama ist nicht zu stoppen. »Wir sind ja wirklich vieles gewöhnt, aber diese verrückte Nummer gerade, die ist kaum zu fassen! Revierschamane, was ein Stuss! Du meinst doch nicht, dass du hier jetzt bis zum Sankt Nimmerleinstag drin wohnen kannst. Was glaubst du denn?« Mein Vater wird zusehends kleiner. »Also, hier ist meine Ansage, du sturer Ochse, Werner Jankowski: Du spielst hier von mir aus noch einen Tag lang Naturbursche, wenn du das unbedingt brauchst, aber dann sagst du diesen ganzen Schamanenquatsch ab UND KOMMST ZURÜCK NACH HAUSE!!!« Wow. So einen Wutausbruch habe ich bei ihr das letzte Mal mit 17 mitbekommen. Ich hatte ein Wochenende sturmfreie Bude, und Can hatte nach einer Party auf den Läufer in der Küche gekotzt. Der Fleck ging nicht mehr raus, vor allem weil wir den Teppich nur dadurch behandelt haben, den restlichen Stoff ebenfalls mit Rotwein zu tränken. Damit der Fleck weniger auffällt. Kam nicht gut an.

Meine Mutter hat immer noch ein versteinertes Gesicht. Sie blinzelt nicht, atmet schnell. Ich habe ehrlich Angst, was passiert, je nachdem, was mein Vater jetzt antwortet. Er legt den Kopf schief, führt den Becher heißen Tee an seine Lippen, pustet – und dann wird die schneidende Stille des Moments unterbrochen: durch Teeschlürfen, das mein Vater passiv-aggressiv in die Länge zieht. Die Kunst des Krieges. Ein vorsichtiges Aufbäumen, nachdem er so kapital zusammengefaltet wurde. Von meiner Mutter, die sich mittlerweile mit ihren Händen am Sitzkissen festkrallt, wahrscheinlich um meinen Vater nicht direkt anzuspringen. Der setzt den Becher ab und fragt: »Wie kommst du auf Armbändchen?« Es überrascht mich, dass das Kissen ganz bleibt, so tief krallt sich meine Mutter darin fest. »VIERUNDZWANZIG STUNDEN!«, brüllt meine Mutter so laut heraus, dass die Teebecherchen gegeneinanderklirren. Ich fühle mich kurz wie 17 und bin richtig froh, dass der Anschiss nicht an mich geht.

Mein Vater räuspert sich, dann erwidert er in ruhigem Tonfall: »Silke, ich danke dir da jetz ers ma, dass de hier so deine Gefühle offenlegst. Aber ich muss da ehrlich sagen, 24 Stunden … Also, ich seh et nicht. So eine schamanische Reise, ma als Beispiel, die geht nicht nach der Stechuhr. Und wenn ers ma die Leute hier lernen wollen, dann kann ich nicht einfach …« Bevor er zu Ende sprechen kann, steht meine Mutter wortlos auf und geht Richtung Tür, die sie – WUMS! – hinter sich zuknallen lässt.

Wir sitzen erst mal nur so da. Bestimmt fünf Minuten.

Irgendwann frage ich: »Du willst das also weiter durchziehen?« Mein Vater schlägt beide Hände auf seine Schenkel und antwortet: »Nico, wollen? Ich seh dat hier als Aufgabe! Die Vera hat doch jetzt schon mobil gemacht. Ich kann hier richtig was bewegen, wenn die Leute erst mal kommen.« Ich höre ihm zu, und eigentlich ist es traurig.

Mein Vater merkt gar nicht, dass meine Mutter ihn davor bewahren will, weiter lächerlich gemacht zu werden. »Dat wird ne Revolution. Wir sind hier erst am Anfang. Laubenliebe! Mein Traum wär ja, dass hier zu Weihnachten die ganzen Parzellen belegt sind. Mit Leuten, Nico, die einfach anders leben wollen. Mit Leuten …« Ich fasse seine Hand kurz an, um ihn zu unterbrechen. »Was denn?« Ich zucke mit den Schultern. »Also Papa, ehrlich gesagt, einige Leute halten das hier für eine Show. Dass du nur Geld kassieren willst, eine Betrugsnummer. Wenn du einfach heimkommen würdest, dann könntest du diese ganze Schamanensache doch erst mal ordentlich studieren. Und dann, vielleicht im Frühjahr, machst du hier mal, keine Ahnung, einen Kräutergarten, und das zeigst du dann den Leuten, die sich dafür interessieren. Was man alles Schönes mit Pflanzen anfangen kann. Alles eine Nummer kleiner, weißt du?« Einige Momente wägt er scheinbar ab, welche Konsequenzen das hätte. Dann meint mein Vater jedoch: »Ja, Nico, auch nett. Aber nicht radikal genug. Ich bin hier an wat Großem dranne. Ich *muss* hier bleiben, so is dat einfach.«

So is dat einfach. Wenn es nur mal tatsächlich so einfach wäre. Als der Tee aus ist, werde ich zu gemeinsamem Trommeln eingeladen. Um in Dialog mit inneren Wesen zu treten. Ich bedanke mich und verabschiede mich, bevor der Revierschamane ins Zwiegespräch mit seiner Schnee-Eule eintauchen kann. Mittlerweile ist es draußen hell. Als ich den Gartenzaun hinter mir zuziehe, werfe ich einen Blick zurück auf die Laube. Verlässlich geht das Trommeln los.

Es macht mich traurig, aber ich denke: Vielleicht muss die ganze Sache auch einfach komplett vor die Wand gefahren werden. Vielleicht muss mein Vater hier mit Mistgabeln aus der Parzelle vertrieben werden, von diesen Kritikern aus dem Internet, von den anderen Leuten des Vereins, und dann kommt er zur Vernunft, kommt zurück nach Hause. Auf die harte Tour sozusagen. Auf dem Heimweg kommen mir einige junge Leute entgegen, die offenbar auf der Suche nach etwas sind. Oder nach jemandem. Ich kann keine Mistgabeln erkennen, aber einen alten Bekannten: Mit seinem Smartphone bewaffnet läuft der Typ durch die Gartenanlage, den ich gestern noch im Kortland gesehen habe. Beutel-Dennis. Im Schlepptau etwa fünf weitere Hipster, die meinen Vater nur dann nicht trommeln hören dürften, wenn sie allesamt schwerhörig sind. Es fühlt sich nicht gut an, aber ich verschwinde aus der Anlage und lasse meinen Vater damit alleine. Zumindest für jetzt.

11.12. 16:29

Erst mal Crossi!

alman_memes_official:
Niemand …
Keine einzige Person …
Boomer-Schamane: Heute zeig ich euch, wie man einen Traumfänger bastelt! #RevierSchamane#DIY#traurig

Bevor ich online weitere Kommentare zum Lebenswandel meines Vaters lesen kann, schnappt sich Can mein Handy. »Den Knochen schließen wir jetzt ein. Die nächste Stunde wird trainiert, und du vergisst mal diese ganzen Idioten.« Ohne es auszuschalten, verstaut er das Handy in einem der Spinde im Fit-and-Tough.

Can trägt eng anliegende schwarze Kleidung, in der einen Hand seine orangefarbene Trinkflasche, in der anderen ein Handtuch, gleiche Farbgebung. Als ich hinter ihm her trotte, Can kennt und grüßt jeden, fällt mir auf, dass fast jeder hier so eine Flasche und so ein Handtuch hat. Bekommt man wahrscheinlich bei Vertragsabschluss geschenkt. Zur Kundenbindung. Ich finde das sektenmäßig.

Vor den Geräten bleibt Can stehen, er klatscht in die Hände und sieht sich um. Das Studio ist gut besucht, was ich komisch finde, denn wem muss man schon im Winter seinen gestählten Körper zeigen? Das ist doch eh die Zeit der dicken Pullis und des Freunden-Absagens, weil es schon zu kalt geworden ist, um noch mal rauszugehen. Also, in meinem Leben. Kekse essen und zu Hause bleiben. Die Leute hier sehen teilweise sogar so aus, als würden sie Spaß dran haben, in diesem Studio zu sein und ihr doppeltes Körpergewicht mit den Beinen wegzuschieben. Diese Leute, die behaupten, sie würden das allen Ernstes gerne dreimal in der Woche machen, aus tiefster Eigenmotivation heraus, verstehe ich einfach nicht. Als ich den drahtigen Can und mich in einer der Spiegelfronten sehe, weiß ich auch, dass dieselben Leute genauso wenig verstehen dürften, was ich hier verloren habe. Ich trage alte Sportschuhe, eine Badeshorts von den Simpsons mit Donuts drauf und ein graues Shirt, das vermutlich weiß gewesen war, als es irgendwann mal gekauft wurde. Es spannt über meiner kleinen Wampe, dafür ist es im Brustbereich recht locker und an den Armen auch. Bei Cans Outfit ist das Gegenteil der Fall. Der hat mich heute mitgeschleppt – »mal richtig pumpen, Stress abbauen!« –, und ich hatte ihm nicht absagen wollen. Ich darf heute wegen einer Freunde-werben-Aktion mittrainieren, ohne etwas zu bezahlen. Dafür habe ich einen laminierten Ausweis bekommen, der an einem orangenen Band um meinen Hals baumelt. Darauf steht fett gedruckt **»Visitor!!!«**. Wahrscheinlich machen die das nicht immer, aber bei Leuten wie mir, um auszudrücken: »Keine Panik, Leute, wer hier regelmäßig herkommt, der sieht nicht so aus!«

»Erst mal Crossi?«, fragt mich Can, und ich ahne, dass es wohl nicht um Schokocrossies geht. Im Zweifelsfall ist Crossi irgendwas, das wehtut. Ich falle hier eh schon genug auf, also sage ich nur: »Musste mir nicht zweimal sagen!«. Wir gehen vorbei an den Laufbändern, zum Glück vorbei an den Treppensimulatoren und stellen uns beide auf zwei Stehtrainer, auf denen wir gegengleich Arme und Beine bewegen. Bis ich schnalle, dass Crossi Crosstrainer meint, sind wir schon wieder runter davon.

Ich befürchte, dass dieses Schwingen und Treten für Can nur unter Warmmachen läuft. Ist auch so, denn was danach kommt, ist deutlich schlimmer. Wir rudern und heben und pressen und drücken, und obwohl Can ein Vielfaches von dem stemmt oder anhebt, was er mir empfiehlt, tut mein Körper schon während der Übungen weh. Wenn das keinen ordentlichen Muskelkater gibt, dann weiß ich auch nicht. Irgendwann liege ich platt auf einer blauen Gummimatte, während Can neben mir einen Handstand macht. Dass ich ihn dafür nicht hasse, sagt viel über unsere Freundschaft aus.

Als er sich neben mir auf die Matte rollt, schnauft er, schlägt mir auf die Schulter und meint: »Gutes erstes Drittel, Jankowski! Respekt. Wann geht's weiter?« Ich schaue ihn entgeistert an, dann lacht er auf: »Spaß. Können von mir aus gleich gehen.« Witzbold. »Ich dachte nur, mit diesem ganzen Stress bei euch in der Familie gerade, da könntest du mal etwas Druck rauslassen beim Sport. Hat's dir denn Spaß gemacht?« »Klar. War super.« »Freut mich. Was haste heut noch vor?« Es ist gleich halb sechs. Ich habe schon am PC gearbeitet, mehr schlecht als recht zumindest, und wenn wir nach dem Duschen und Umziehen zu Hause sind, dann ist es nach 18 Uhr. »Keine Ahnung. Schauen, dass meine Mutter nicht noch mehr die Nerven verliert? Vielleicht einen kleinen Kontrollspaziergang machen, ob mein Vater wenigstens in unserer Laube bleibt, wenn er schon nicht heimkommen will?« Can reicht mir die Wasserflasche. »Schöne Scheiße.« »Jo«, sage ich und trinke.

»Baba hat ihn auch letztens besucht. Und ihm gesagt, er könne auch immer zu uns kommen. Hat er nicht angenommen.« Die Celiks haben auch einen Schrebergarten in den Schmechtingswiesen, das hätte ich fast vergessen. Wie Ferhat zu meinem Vater gegangen ist, um ihm seine Hilfe anzubieten, ich kann's mir richtig gut vorstellen. Die Celiks sind schon immer unfassbar nett gewesen. »Ja, der hat sich da irgendwas in den Kopf gesetzt, das er unbedingt durchziehen will. Dass die Leute über ihn lachen, das kriegt er, glaube ich, gar nicht richtig mit. Ist wahrscheinlich besser so.« »Verstehe. Und wie geht's jetzt weiter?« »Ich weiß es auch nicht, Can.«

Das tue ich wirklich nicht. »Meine Hoffnung ist, dass mein Vater bald zur Vernunft kommt. Ich meine, spätestens nach den Weihnachtstagen wollte ich hier auch mal wieder wegfahren, und bisher hat sich nichts getan. Das ist alles so ein Mist, echt.«

Can sitzt mit ausgestreckten Beinen neben mir. Er streckt auch die Arme aus und legt die Stirn vor sich auf die Matte. Seine Hände umfassen mühelos seine Füße. Ich will das nachmachen, doch meine ausgestreckten Zeigefinger reichen nur bis zu den Unterschenkeln. Ich tue so, als müsste ich meine Knie kratzen, und sinke wieder zurück auf die Matte. »Und was …«, ächzt es mir von unter Cans gebeugtem Rücken entgegen, »willst du dann …«, Can rollt sich zurück, und wir liegen beide auf der Matte, »… in Hamburg machen?« »Wie meinst du das?« »Naja, mal angenommen, das mit deinen Eltern wird wieder gut. Dein Vater gibt das mit der Laube auf. Diese Trolle im Netz haben nichts mehr zu schreiben. Dann bist du in Hamburg. Ich weiß, du hast da deinen Job. Aber sonst?«

Wow. Mein Leben dort muss in den letzten Monaten so selbstverständlich vor sich hin gedümpelt sein, dass mir dazu nichts einfällt. »Naja, also … ich meine … jetzt mit der neuen Situation … ohne Katharina, da muss ich mich erst mal rantasten, an dieses Singleding. Und dann ist das ja auch was Hormonelles, im Winter jetzt, dass die Leute weniger Bock auf Unternehmungen haben. Wegen der wenigen Sonnenstunden, Vitamin-D-Mangel … also das ist ein Stück weit normal, dass man da weniger Sachen macht …« Can schüttelt den Kopf. »Aber gar nix? Außer der Ollen hinterherheulen?« »Ey!« »Sorry.« »Ich verstehe ja, was du meinst. Ist halt nicht so leicht, sich aufzuraffen.« Can schlägt mir auf die Schulter. Vermutlich nur leicht, aber nach der Fitnesstortur eben tut das höllisch weh.

»Deshalb musst du das Pflaster mal abreißen, Nico. Also, jetzt bildlich gesprochen quasi.« »Ja?« »Na klar. Die Katharina hat jetzt diesen Schweden.« »Dänen.« »Das macht's nicht besser.« »Nee.« »Siehste. Und du musst auch weitermachen. Also: Du machst gleich zwei Sachen, wenn du zu Hause bist.« »Mach ich?« »Ja! Erstens: Du löschst die Nummer von deiner Ex. Du guckst dir nicht mehr diese Profile an von den beiden. Instagram und so.« »Soll ich … *entfreunden?*« »Hm, hat sie das gemacht?« »Nee.« »Dann machst du das auch nicht. Sonst denkt die, du würdest das brauchen, um nicht ständig reingucken zu müssen.« »Ist doch auch so …« »Muss die aber nicht wissen!« »Stimmt.« Can ist überraschend weise. Oder bin ich einfach nur überfordert? »Und das Zweite?«, frage ich. »Du suchst dir ein Date. Am besten heute noch. Keine Ausreden!« »Okay.«

Wahrscheinlich bin ich gerade einfach zu schlapp, um zu widersprechen. Ob das wohl Taktik von Can war, mir nach dem Sport so einen Einlauf zu verpassen? Wo ich sozusagen am schwächsten bin. Auf jeden Fall hat er sein Ziel erreicht. Ich sage ihm zu, mich um beides zu kümmern, heute noch. Weil er nicht bei seinen Eltern schläft, verabschieden wir uns schon am Bahnhof. Ich nehme wieder die zwei Stationen bis zum Bergbaumuseum und bin wenige Minuten später zu Hause.

Meine Mutter ist noch arbeiten. Ich nehme mir etwas Nudelsalat aus dem Kühlschrank und gehe ins Wohnzimmer. Auf der Couch lege ich mich neben das Karlchen. Meine Oma sitzt auf ihrem Rollator und sieht fern. Sie weiß nichts von dieser ganzen Internethetze gegen ihren Sohn, dessen schamanischen Anwandlungen oder von Vera Schnallenbeißer und wie darüber geredet wird. Es ist wirklich nicht immer von Vorteil, zu der Generation zu gehören, die permanent online ist. Als Nächstes zücke ich mein Smartphone und weiß, wie bescheuert sich das jetzt liest.

Katharina Schöning. Löschen. Kontakt wirklich löschen? Mist. Ich sehe Katharina vor mir, in der Hand die kleine Schüssel mit meinem Wohnungsschlüssel drin. Behalt ihn. Ach was, zieh direkt ein. Kontakt wirklich löschen? Wir gehen aufeinander zu. Katharina lacht mich an. Ihr Gesicht direkt vor meinem. Kontakt wirklich löschen?

Ich entscheide mich für die Weichei-Version und mache einen Screenshot von ihrer Nummer. Erst dann lösche ich sie. Wenn ich jetzt noch mal Kontakt zu Katharina aufnehmen wollen sollte, muss ich den Screenshot hervorkramen, die Nummer davon abschreiben, neu ins Handy eintippen und speichern, und erst dann könnte ich ihr schreiben. Das sind viel zu viele Schritte, um ihr tatsächlich impulsiv zu schreiben. Du bist so ein Fuchs, Nico Jankowski!

Als Nächstes öffne ich die Dating-App. Can wäre stolz auf mich. Naja, nicht auf das mit dem Screenshot, aber ansonsten bestimmt. Bei den Matches ist mir schon gestern eine

Frau aufgefallen, die ich besonders sympathisch fand. Claudia. Claudia hat rote, wellige Haare, große grüne Augen und ein Lächeln, das einen umhaut.

Laut App ist sie 24 und nur sechs Kilometer von mir entfernt. Außerdem ist ihr Lebensmotto: »Living life to the fullest! – Lebe jeden Tag so, als wäre er der letzte deines Lebens«. Wow, die will also jeden Tag so richtig auskosten. Wie cool. Das brauche ich doch! So eine Hundert-Prozent-Hedonistin, na klar! Wie könnte ich mich denn besser aus meinem Tief zurück ins Leben knöpern als mit so einem Glas-halb-voll-Häschen!? Jeden Tag leben, als wäre er der letzte. Wenn sich das jetzt nicht nur Claudia denkt, sondern einfach jeder, die Welt wäre doch in fünf Minuten am Ende. Kein Müllmann würde zur Arbeit erscheinen, es würde einfach niemand zu seiner Arbeit gehen, warum auch? Also, wenn Claudia nur halb so hohl ist wie dieses Profil vermuten lässt, dann besteht keine Gefahr, dass ich mich verliebe, sprich sie mich potenziell verletzen kann. Doppel-Fuchs, Jankowski!

Ich schreibe Claudia, ob alles fit ist. Und ob sie den Winter mag oder doch lieber den Sommer. Wow, ich bin wirklich schlecht darin. Und dennoch – na, ist denn heut schon Weihnachten! – schreibt Claudia zurück. Wobei, natürlich macht sie das, wir reden hier ja immerhin von Claudia, die nimmt sich ja immer, was sie will, und heute will sie mich. Oh yeah! Ich erfahre, dass bei Claudia alles fit ist. Ein Glück. Und sie mag den Sommer lieber als den Winter und fragt mich, wie sich das bei mir verhält. Ich mag auch Sommer lieber. Diese Gemeinsamkeiten! Ich habe allerdings im Winter Geburtstag, schreibe ich. Echt?, fragt Claudia. Ja, echt, schreibe ich. Sie hat im März Geburtstag. Dann frage ich, welches Sternzeichen das ist. Fische. Ich bin Schütze. Ich frage, wie das zusammenpasst. Sie weiß es nicht. Sie kennt sich nicht so gut mit Sternzeichen aus. Natürlich nicht. Die tut jeden Tag so, als würde sie morgen sterben, da interessiert einen doch nicht, was laut Horoskop die Woche noch passieren soll. Nach Claudia die Sintflut!

Ich frage sie, ob wir nicht mal gemeinsam herausfinden sollen, wie gut Fische und Schützen zusammenpassen, und sie antwortet frech: »maybe;)«. Dieses Flirt-Pingpong ist so herrlich belanglos, dass ich sogar Spaß daran finde. Ich schalte mein Hirn aus und hoffe irgendwie, dass Claudia das auch tut, während sie mit mir diesen oberflächlichen Stuss von schriftlicher Unterhaltung fabriziert. Wir schreiben weiter, ob wir Sport mögen, welchen Sport wir mögen, wie wir Hunde finden, ob wir eher Team Katze sind. Jede noch so kleine Gemeinsamkeit wird gefeiert, Kontroversen werden spielerisch wichtig genommen, von wegen: Na, ich werde dich schon noch davon überzeugen, dass Grün besser ist als Gelb! Wir lernen uns »noch besser« kennen und schreiben sogar von Lieblingsurlaubsländern. Intimate! Und dann passiert es: Meine Oma hat sich schon lange ins Bett verabschiedet, und das Karlchen schläft ohnehin gefühlt 21 Stunden des Tages. Es ist schon nach zwölf, und im Wohnzimmer leuchtet nur noch mein Handybildschirm bläulich kalt. Da ploppt tatsächlich die Nachricht schlechthin auf: Claudia fragt nach einem Date! Mit mir! Jawohl!

Ich sage natürlich nicht direkt zu, sondern schreibe ebenfalls: »maybe;)«. Dann habe ich sofort Schiss, dass das Angebot verfällt, also sage ich doch direkt zu. Ich habe ein Date. Und zwar schon morgen Abend. Zum ersten Mal seit Wochen bin ich nicht völlig niedergeschlagen, wenn ich einschlafen möchte. Ich will aufstehen, um in mein Zimmer zu gehen, und merke, dass mir jeder Muskel meines Körpers wehtut. Wäre auch zu schön gewesen. Wahrscheinlich wäre es besser für mich und meinen Rücken, jetzt nicht auf der Couch zu schlafen. Aber was würde Claudia jetzt tun? Durch die kalte Wohnung tapern, um jetzt noch die Beißerchen zu putzen? Sich jetzt noch ins Bett quälen? Nein!

Ich werfe mir die Hundedecke über. Dann schlafe ich in den Sachen, die ich schon den ganzen Tag anhatte. Ganz ohne an Karies oder Rückenschmerzen zu denken. Darum soll sich mal Zukunfts-Nico kümmern, heute gilt: Living life to the fullest. Gute Nacht!

12.12. 07:57

Eiszeit

Heute Nacht hat es gefroren.

Auf dem Bürgerplatz, nicht weit von unserem Haus entfernt, sind die Hagebutten und Rosenbüsche von Raureif überzogen. In dem Achtziger-Jahre-Betonbrunnen ist eine ganz kleine Pfütze zu einer Eisfläche geworden, die wieder schmelzen dürfte, sobald die Sonne scheint. Ich bin mit dem Karlchen draußen. Wir haben länger als sonst bis zu dem verlassenen Platz gebraucht, weil mir die Beine noch vom Sport gestern wehtun. Eigentlich tut mir alles weh. Ich lasse den kleinen Hund von der Leine, dessen Pfötchen hörbar auf dem gefrorenen Asphalt tapsen, bis es hinter den Rosenbüschen verschwindet und ich nur noch fernes Rascheln vernehme. Seit einigen Jahren steht hier so ein Schrank, wo man gelesene Bücher tauschen kann. Die einzelnen Fächer der Holzvitrine lassen sich heute nur mit einigem Druck öffnen.

Bei den Nachrichten von den Minusgraden heute Nacht haben wir natürlich gleich an die Laube gedacht. Als wir zuletzt da waren, hatten Mama und ich extra noch nachgeschaut, wie mein Vater gegen die Kälte ausgestattet ist. Also, bevor meine Mutter davongestürmt war. In der Laube sollte es genug Decken geben, und dann ist da noch der alte Gasofen, der hoffentlich noch funktioniert.

Vorgestern Abend sollte ich trotz denkwürdigem Familienstreit einen Dreierpack Thermounterhosen an die Tür der Laube hängen. Das war tatsächlich ein Politikum im Hause Jankowski: Meine Oma wollte, wie ihrer Zeit die Eiserne Lady Maggie Thatcher, mit harter Hand gegen den Querulanten im Exil vorgehen: »Soll dem Werner die Tage ma da draußen ordentlich der Arsch auf Grundeis gehen! Dat der man zur Vernunft kommt.« Für Argumente hat sie keine Zeit verschwendet – genau wie Thatcher.

Ich war pro Thermohosen, der Gegenseite zugewandt quasi, für eine Politik der offenen Türen. Zwar war meine Mutter in ihrer Haltung nicht ganz so entschlossen wie meine Oma, dennoch wurde ich überstimmt. Also keine Thermounterwäsche für abtrünnige Individualisten mit Sockenschuss. Als ich die Abendrunde mit dem Karlchen übernehmen wollte, fand ich das Stoffpaket trotzdem in einer der großen Jackentaschen. Außerdem eine kleine Kulturtasche mit dem Nötigsten an Medikamenten. Pflaster, Paracetamol gegen Schmerzen, Kohletabletten gegen Durchfall. Ich hatte später alles an den Gartenzaun der Parzelle gehängt.

Seit dem Eklat spricht meine Mutter nicht mehr mit ihrem Ex-Mann; wenn sie nicht vorbeigehen kann, sorgt sie aber dafür, dass ich oder die Celiks zumindest einmal schauen, ob bei meinem Vater das Gröbste in Ordnung ist. Die ganze Situation ist für alle nervenzehrend und vielleicht am meisten für sie, die sich eigentlich immer die Schuld dafür gibt, wenn etwas nicht nach Plan läuft.

Ich schaue mich weiter am Bücherschrank um, nicht um tatsächlich so ein Buch über Weihnachten und die Zusammenkunft der buckeligen Verwandtschaft einzustecken – wie oft kann man bitte die gleiche Geschichte zwischen einen Buchdeckel pressen? – , sondern weil ich den Eindruck habe, dass das Karlchen sich gerade mal unbeobachtet fühlen möchte. Ich weiß nicht, ob Hunde Scham empfinden, wenn sie in der Öffentlichkeit ihren Haufen machen, aber ich kenne kein Tier, das dabei mehr »Guck jetzt bitte mal weg« in seinem Blick hat als unser nervös glubschendes Karlchen. Wenig später nähert sich das Tapsen wieder, und der kleine Hund taucht hinter dem Bücherschrank auf. Ich hebe das zitternde Tier vom kalten Boden hoch und trage es unter meinem Arm. Ein Pluspunkt an der kalten Jahreszeit: Durch das Temperaturgefälle von frischem, warmem Hundekot und kalter Luft draußen lässt sich so ein dampfender Haufen dann auch schnell finden. Es sind einfach die kleinen Dinge, an denen man sich erfreuen sollte, wenn das große Ganze gerade so gar nicht stimmt. Zielsicher steuere ich mit einer kleinen Plastiktüte behandschuht auf das dampfende Häufchen zu, das wenig später mitsamt Plastiktüte im orangefarbenen Mülleimer landet.

Mit bibberndem Hundeopi unterm Arm eile ich schnellen Schrittes nach Hause; so schnell es mir mit Muskelkater in den Gliedern möglich ist. Zu Hause ist es warm. Aber auf keinen Fall gemütlich, wie ich schon im Flur mitbekommen soll.

»Nein, Sie hören mir jetzt besser zu!« Meine Mutter schreit aufgebracht in den Hörer des Festnetztelefons. »Was Sie da veranstalten, ist unmöglich! Oh doch, unmöglich! Wer hatte diese ganzen Ideen denn noch überall angepriesen? Doch wohl Sie!« Ich habe eine Ahnung, wer am anderen Ende der Leitung ist, dennoch nähere ich mich meiner Mutter mit einem fragenden Gesichtsausdruck. Die stellt das Gespräch auf laut. Meine Mutter hatte Oma Magda heute früh schon zu einem Friseurtermin gefahren, die ist nicht da, um irgendetwas mitzubekommen.

»Das ist ja so nun wirklich nicht richtig«, schnurrt es durch die Leitung. Schnallenbeißer. »Also gut, ich erkläre jetzt noch einmal, wieso wir uns als Eventagentur von Werner Jankowski distanzieren mussten. Es ist so: Die mediale Aufmerksamkeit für den Revierschamanen ist seit Tagen extrem hoch, auch überregional. Und einige Stimmen sind sehr kritisch. Zu kritisch, um das Risiko einzugehen, weiter damit in Verbindung gebracht zu werden. Und was da an Kritik geäußert wird, die fehlende Wissenschaftlichkeit, naja …« »Was, naja??« »Wir sind hier intern noch mal in uns gegangen und können das durchaus verstehen. Ich sage ja nicht, Frau Jankowski, dass Ihr Mann da böse Absichten hat, aber so sieht es für einige Menschen aus.« »Aha. Und jetzt fällt Ihnen das auf, nachdem Sie den Werner ins Rampenlicht stellen mussten? Um mit dran zu verdienen, nebenbei bemerkt.«

»Naja, unsere Agentur verdient ja jetzt gar nichts mehr daran. Wir sind da ganz offiziell raus.« »Offiziell raus! Also, was Sie verdienen, das ist …« »Das interessiert mich ehrlich gesagt wenig, Frau Jankowski. Ihnen alles Gute, ich bin hier noch sehr busy heute. Also, schöne Grüße an die Familie und eine ganz zauberhafte Weihnachtszeit!« Nur noch Tuten ist zu hören. »Ich geb dir gleich zauberhaft, du … alte Hexe!«, schreit meine Mutter, dann knallt sie den Hörer so fest auf den Tisch, dass sich ein Splitter von der Schale löst. Zum ersten Mal in diesem Dezember sehe ich das Karlchen sich zum Schutz unter seiner Decke verstecken. »Schnallenbeißer! Ich habe das noch gesagt. Die Frau ist eine Schlange.« Meine Mutter holt aus ihrem Nebenzimmer ihren Laptop, in dem bereits mehrere Tabs nebeneinander geöffnet sind.

Zunächst finde ich einen Artikel aus der Lokalpresse. »Revierschamane will nur unser Geld? – Vera Schnallenbeißer distanziert sich von esoterischen Ritualen ihres ehemaligen Veranstaltungspartners«. Ich überfliege den Artikel. Die Eventagentur hat offenbar auf der eigenen Website verlauten lassen, dass nach einer inhaltlichen Prüfung der schamanischen Arbeitsweisen meines Vaters nicht zu verantworten sei, dass Interessenten die beworbenen Kurse absolvieren, weil sie Schnallenbeißers Urteil vertrauen. Man habe sich von dem Charisma des »Revierschamanen« anstecken lassen, könne aber nicht garantieren, dass es sich bei den Kursen um fundierte Therapiepraktiken handeln würde. Ach, nee! Ich öffne die weiteren Tabs, unter anderem die Social-Media-Kanäle meines Vaters. Das Statement der Schnallenbeißer hat offenbar den Shitstorm noch mal ordentlich angefeuert, der seit Tagen auf seinen Seiten wütet. Ich scrolle mich durch die Kommentare:

Max.derdatingcoach: Bro, ich dachte, ich erzähl den Leuten schon bullshit, aber du bist ja echt Next Level!! #Revierschamane

Zuckerfee.Danni89: Sowas ist echt gefährlich. Wer nicht dazu ausgebildet ist, sollte kein Coaching übernehmen. Gut, dass @Vera.Schnallenbeißer diesen Betrug aufklärt, ich hätte fast einen Workshop zu Weihnachten verschenkt. #Revierschamane

Benny_Krutsche: Daran merkt man, was der Kapitalismus mit den Menschen anstellt. So eine herzlose Aktion, nur um sich an anderen zu bereichern. Und das in der Vorweihnachtszeit. Grinch 2.0? #Revierschamane

Die Frau hat echt ganze Arbeit geleistet. In wenigen Stunden ist man sich offenbar einig, dass mein Vater kriminell ist. Ich gehe zurück auf das erste Video, das ich von meinem Vater gesehen habe: Mittlerweile hat es fast 100.000 Aufrufe. Die Kommentare unter den Bildern meines Vaters auf Instagram gehen in die Hunderte. Der #Revierschamane ist Trend im Netz. Oh Mann. Meine Mutter hat heute schon zu viel davon gelesen, um weiter darüber zu reden. Sie will sich hinlegen und bittet mich, Oma Magda vom Friseur abzuholen.

Bevor ich losfahre, sehe ich meine Mutter in Richtung Schlafzimmer verschwinden.

Als ich meine Oma zurückgebracht habe und das Mittagessen für sie aufwärme, fällt mir auf, dass heute erst der 12. Dezember ist. Dieser unheilvolle Advent feiert sozusagen gerade mal Bergfest. Ende ungewiss. Und der heutige Tag gibt sich alle Mühe, die Spitze auf dem Eisberg des familiären Elends zu werden. Passend, dass es heute gefroren hat. Eiszeit. Niemand hat Lust, groß zu reden. Meine Mutter verlässt ihr Zimmer nur, wenn es nötig ist. Oma Magda konzentriert ihre Aufmerksamkeit auf das Fernsehprogramm und will ansonsten wenig machen. Und dann bekommen wir auch noch Besuch.

»Silke, wir müssen da wat machen, musse auch irgendwo verstehen, ne? Auch wenn et nich schön is.« Der kleine Herr Freimut wedelt mit einem gelben Heftchen. Ich dachte erst, es wäre so ein kleines Reclam-Büchlein, tatsächlich aber war es die Satzung des Kleingartenvereins Schmechtingswiesental.

Herrn Freimut kenne ich schon immer. Wir haben Herrn Freimut als Kinder immer geduzt, ohne seinen Vornamen zu wissen. Und das ist irgendwie hängen geblieben, auch bei den Erwachsenen. Vielleicht hat er auch einfach keinen Vornamen. Er ist das Herz des Vereins, und seit er nicht mehr als Bademeister arbeitet, erster Vorsitzender dort.

Neben diesem kleinen Mann mit dem runden Gesicht, der das gelbe Satzungsheftchen jetzt an seine Brust klammert, damit dem auch sicher nichts passiert, steht Berthold Schmugge. Berthold Schmugge ist hochgewachsen, hat kantige Gesichtszüge, und ich habe ihn nie lächeln sehen. Berthold Schmugge mag mich nicht. Als seine Tochter Jenny und ich Jugendliche waren, waren wir zusammen. Ich weiß nicht, ob es ein Gesetz ist, dass Väter den ersten Freund ihrer Tochter nicht mögen dürfen, aber bei Berthold Schmugge hatte ich nie eine Chance. Eigentlich komisch, weil ich nicht den Eindruck gemacht haben dürfte, Jenny irgendetwas antun zu können. Die war damals viel lauter und stärker als ich, und sie hat mich im Nachhinein immer etwas eingeschüchtert. Nachdem bei Jenny und mir Schluss war, hat Berthold Schmugge zur Feier des Tages bestimmt ein extra großes Stück Fleisch auf seinen geliebten Grill in seiner Parzelle gehauen. Vielleicht hat er sogar gelächelt.

Er mustert mich wortlos von oben bis unten und ist offensichtlich genau so wenig von mir angetan wie vor 15 Jahren. Einer seiner ersten Sätze war gerade, dass er in seiner Funktion als zweiter Vorsitzender des Vereins hier ist. Als ob er mir noch klarmachen müsste, dass er nicht zum Plätzchenbacken rübergekommen ist. Meine Mutter ist sichtlich müde, aber sie führt das Gespräch dennoch, so gut es geht.

»Ja, ich verstehe euch da natürlich. Es hat uns auch ehrlich gesagt überrascht, dass der Verein noch nicht mehr durchgegriffen hat gegen den Werner.« »Mich auch«, erwidert Berthold Schmugge barsch, Herr Freimut übernimmt. »Berthold!

Naja, Silke, wir hatten das tatsächlich erst ma beobachten wollen, wat der Werner da am Machen war. Ich kenn ihn ja nu schon lange, und der fängt ja ab und an Sachen an, die dann nix geben. Hatten wa jetzt auch drauf gesetzt. Aber jetzt is er da ja schon was länger drin, also inne Laube. Und et is so:« – das gelbe Heftchen wird demonstrativ in die Höhe gehalten – »Permanentes Wohnen inne Kleingartenanlage, dat is halt …« »… laut Satzung nicht vorgesehen«, ergänzt Berthold Schmugge. Laut Satzung. Der kann die sicher auswendig. So jemand, der wahrscheinlich auch ein Laminiergerät besitzt.

»Das ist uns schon klar.« Meine Mutter reagiert erstaunlich abgeklärt. Wahrscheinlich ist sie zu müde für Streit. Und an sich will sie meinen Vater ja auch nicht in der Laube haben. »Und ihr könnt uns glauben, wir versuchen schon seit Tagen, dass der Werner diesen ganzen Kram gut sein lässt. Diese Kurse, dass er da schläft und kocht.« »Im Vereinsheim. Mit Campingkocher. Wurde beobachtet. Das ist ein Sicherheitsrisiko, das ist schon brandschutztechnisch nicht zu verantworten. Abgesehen davon, dass es auch generell nicht vorgesehen ist, laut …« »Satzung?«, frage ich, und mir wird dieselbe Verachtung entgegengebracht wie damals, als ich zum ersten Mal bei den Schmugges zu Hause war.

Herr Freimut macht weiter. »Ja, Nico, et is halt ne Sache, die kann für Probleme sorgen. Wenn dat getz alle so machen.« »Wie gesagt, wir finden das auch nicht in Ordnung. Was möchtet ihr denn jetzt, wie wir uns verhalten?« Meine Mutter will die beiden so schnell wie möglich wieder aus der Wohnung haben, das merke ich. »Also, Silke, jetzt wo der Werner da auch noch diese Kurse anbieten will, also dat hat dem Ganzen echt die Krone aufgesetzt. Traumreisen! Wir können dat nicht weiter ignorieren, dass der Werner da jetzt auch noch gewerbliche Absichten am Verfolgen is.« Berthold Schmugge macht den Mund auf, doch Herr Freimut deutet ihm nur mit dem gelben Heftchen in der Hand an, es gut sein zu lassen. Funktioniert. Der Mund klappt zu, und ein trockenes Schlucken begleitet Schmugges Adamsapfel dabei, ein Stockwerk tiefer zu rutschen.

»Auch wat da geplant is, dieser ganze Schamanenspökes … als Verein wollen wir da besser nicht mit in Verbindung gebracht werden. Müssta auch verstehen, Silke. Und jetzt, wo die Frau Schnallenbeißer da auch noch diesen Beitrag …« »Den kennen wir schon«, wehrt meine Mutter ab. »Ja. Gut. Also, wir waren heute noch mal beim Werner, um mit dem zu reden, aber da war ja gar nix zu machen. Der hat nur von irgendeiner Eule gequatscht. Und da muss ich auch noch mal deutlich machen, die Haltung von Federvieh, egal welcher Art …« »Nicht vorgesehen, danke. Verstehen wir auch. Und was hat der Verein vor? Wollt ihr die Laube räumen lassen?« Je nachdem, wie gewaltsam das vonstattengeht, dürfte meine Mutter das sogar in Ordnung finden, denke ich.

»Also, wir haben jetzt eine schriftliche Erklärung an den Werner gegeben, die Kopie haben wir für dich dabei. Da sind die Verstöße gegen die Satzung aufgelistet. Und wenn sich das Verhalten von Werner nich ändern sollte, ja, also dann gibt's ein Eilverfahren, das die Mitgliedschaft aufhebt. Dann können wir vom Hausrecht Gebrauch machen. Das heißt, mit der Polizei dürften wir den Werner dann da rausholen, ausser Laube.« Ich bin kurz überzeugt, ein flüchtiges Lächeln auf den schmalen Lippen von Berthold Schmugge zu erkennen. Vielleicht halluziniere ich aber auch schon. Er händigt meiner Mutter das Schreiben aus. Herr Freimut betont noch mal, dass diese Schritte nur ungerne umgesetzt werden – bei dem Schmugge bin ich mir da nicht so sicher –, aber dass die Ordnung im Kleingarten einfach oberste Priorität hat. Es könnte also bald zur Zwangsräumung kommen.

Meine Mutter bedankt sich resigniert für die Belehrung und verabschiedet die beiden Männer. Nachdem die Wohnungstür zugegangen ist, stehen wir noch einige Sekunden davor. Dann drückt mir meine Mutter wortlos die Papiere in die Hand und geht wieder in ihr Schlafzimmer. Eiszeit. Und jetzt ist sie gefühlt noch ein paar Grad kälter.

13.12. 18:50

Du-Ich-Bermuda!

Mittlerweile regelt Can mein Privatleben zu 100 Prozent. Ich bin nicht ganz sicher, ob das gut ist. Wir haben gestern noch kurz telefoniert, und er war überzeugt, dass ich die ganzen Ereignisse in puncto Revierschamane durch Ablenkung vergessen soll. Zumindest vorerst. Und wenn Sport nichts ist, dann soll ich es mit Sex versuchen. Eigentlich wollte ich der Claudia heute Abend absagen, aber vielleicht hat Can ja Recht damit. Ich stehe schon zehn Minuten vor der ausgemachten Zeit an unserem Treffpunkt.

In der Adventszeit ist der Dr.-Ruer-Platz wahrscheinlich einer der am wenigsten geeigneten Orte in Bochum, um jemanden zu empfangen, den man nur von Fotos kennt. Da ist nämlich Weihnachtsmarkt. Und der zieht jede Menge verschiedener Grüppchen an, die den Feierabend hier verbringen wollen, sich kleine Tüten mit gebrannten Mandeln teilen und natürlich Glühwein trinken.

Ich vermute, dass hier jeder nur den Revierschamanen als Gesprächsthema hat. Aber das ist Quatsch. Für heute habe ich frei, was das Laubendilemma angeht. Das hat mir Can extra noch mal eingebläut. Neben einer großen Weihnachtsmarktbude umklammere ich mein Handy wie ein zittriges Eichhörnchen eine Walnuss im Winter, deren Existenz ihm erst vor einer Minute wieder eingefallen ist. Ich bin mir in solchen Situationen wie dieser sicher, dass niemand sonst ohne Begleitung da ist, und komme mir dumm vor. Pseudomäßig wische ich über das Handy, um Beschäftigung vorzutäuschen, dann öffne ich die Dating-App.

So viele Menschen benutzen diese Apps – und es ist trotzdem bis heute schambehaftet. Warum? Das sollte mal anders werden. Während ich den Messenger der App viel zu häufig nacheinander aktualisiere, um nur ansatzweise lässig zu sein, stelle ich mir vor, wie ich auf den Tresen der Bude steige, ein Scheinwerferlicht wird auf mich gerichtet: »Ich bin Nico Jankowski. Ich bin 30 und brauche das Internet, um mein Sozialleben aufzubessern.« Applaus. Und dann, durch meinen Mut angeregt, kommen die ganzen anderen Dating-Sorgenkinder hinter ihren Handybildschirmen hervor und outen sich. »Ich bin Ute, 41. Und mein Dating-Radius reicht bis in die Niederlande!« Wow, Ute, dass du das teilst! Frenetischer Beifall.

Zurück in der Realität beobachte ich die aggressiv gute Stimmung der Leute um mich rum, die mir alle spiegeln: »WIR haben Anschluss. Und Glühwein. Life is a party!« Also bleibe ich beim verschämten Eichhörnchen und vergrabe mich hinter meinem Smartphone. Hoffentlich taucht mein Date gleich auf. Can schreibt, um zu fragen, wie es läuft. Du hast mir das hier doch alles eingebrockt! Gerade als ich mich bei ihm beschweren will, was das hier für eine miese Idee war, meldet sich der Dating-Messenger: Claudia. »Na, schon da?:)« Ich warte 15 Sekunden mit dem Antworten, denn ich bin ja nicht verzweifelt, ha! »Bin am Treffpunkt«, schreibe ich. Claudia tippt. »Ich brauche noch etwas, musste noch ein Outfit aussuchen.« Da gibt sich jemand Mühe, das finde ich gut. Ich sende ein Daumen-hoch-Emoticon. Ist das zu generisch? Ich sende schnell ein: »Ich freue mich, wenn du hier bist:)« hinterher. Ist das jetzt zu unterwürfig? Mann, wie anstrengend! Ich hoffe, dass so etwas mittlerweile im Deutschunterricht gelehrt wird.

Claudia meldet sich wieder: »Ist jetzt doch nur die Arbeitskleidung geworden..;)« Hatte sie ihren Job mal erwähnt? Ich weiß es nicht. »Du, alles gut. Ich hab mich auch nicht sonderlich schick gemacht«, versuche ich, mein bisher nur digitales Date zu beruhigen. »Okay. Dann bleibe ich in Uniform. Stiefel, Umhang, Mütze!« Hä? Also langsam nervt die. »Und wann bist du dann hier??«, frage ich direkter als bisher. Tippen. »Ich bin schon längst da …« Ich sehe mich um. Keine Claudia. Was ist das hier? »Ich habe mich jetzt schon länger nicht rasiert. Schlimm?« Okay, es reicht. Ich erkläre Claudia ungesehen für meschugge. Letzter Versuch: 15 Selbstachtungssekunden, und ich tippe: »WO BIST DU??«

Ich warte, und auf meinem Handy ploppt ein knappes »Oben« auf. Ich bin maximal verwirrt, durch die Menge geht ein bewunderndes Raunen. Ich folge den Blicken der anderen hinauf zum Dach des Sparkassengebäudes. Der »Fliegende Weihnachtsmann«, die Attraktion des Weihnachtsmarktes in Bochum, beginnt seine Showeinlage pünktlich um 19 Uhr.

Ein verkleideter Akrobat fährt in einem mechanischen Schlitten in gut 30 Meter Höhe über das geschäftige Treiben des Platzes. Der Groschen fällt und mit ihm mein Blick hinunter auf das Handydisplay: Kuss-Emoji, Weihnachtsmann-Emoji, und Claudia hat mich blockiert. Ich wurde verarscht. Wahrscheinlich von einer Gruppe Schulkinder, die sich in nächster Nähe schlapp lachen. Ich sehe mich um, aber es ist viel zu voll, um jemand Bestimmtes auszumachen. Claudia. Der Catfish im Santa-Gewand. Nicht zu fassen!

Warum passiert mir sowas? War das vielleicht Karma, weil ich »Claudia« nur als schnelle Ablenkung benutzen wollte? Für Sex. Seien wir ehrlich. Puh, bloß nicht weiter drüber nachdenken. Wenn du jetzt tatsächlich den Einfluss von Karma auf dein Leben bewiesen hast, Nico, dann … wäre das echt viel Arbeit, damit auch noch umzugehen. Das hätte jedem passieren können, so ein Fake auf Tinder. Selbst Mutter Teresa. Ganz bestimmt.

Ich will die Szene so schnell wie möglich verlassen und gehe die letzten Tage seit meinem Geburtstag bis zu diesem Abend durch: Arvid und Katharina, Papa und die Schnallenbeißer, Papa ohne die Schnallenbeißer, Papa gegen die Hater im Netz. Oma gegen alles, außer Bommes von *Gefragt – Gejagt*. Mama gegen Papa und irgendwie doch für ihn. Mama gegen Schnallenbeißer. Vorstand gegen Papa. Alle gegen jeden und keiner für keinen. Gefühlt.

Selten war ein Glühwein mit doppelt Schuss verdienter. Also stelle ich mich an, lache in der Schlange gelöst wie ein Wahnsinniger. Keine zehn Minuten später genehmige ich mir den ersten Schluck viel zu süßen, aber nicht weniger starken Glühweins, den ersten in diesem Jahr. Jede Zelle meines Körpers ist unglücklich. Ich strahle so wenig gute Laune aus, dass sich ganz Bochum nicht an meinen Stehtisch traut.

Ganz Bochum? Nein! Ein aus unbeugsamen Feierabendwütigen bestehendes Grüppchen scheint nicht aufhören zu wollen, mir heute auf den Sack zu gehen. Und dann wird es noch schlimmer, denn offenbar erkennt mich jemand: »Niiico?«

Fight or Flight? Das sozial inkompetente Eichhörnchen in mir möchte seine Walnuss in Richtung Gefahr schleudern und den Moment der Verwirrung zur Flucht nutzen. Ich habe nur brühend heißen Glühwein in der Hand, das wäre jetzt vielleicht zu extrem. »Nico Jankowski! Ja sicher. Ich werd bekloppt!«

Ich drehe mich unvermittelt zur Seite und noch in der Bewegung bereue ich, dass ich jetzt nun wirklich nicht mehr so tun kann, als wäre ich nicht Nico Jankowski. Vor mir: winterfeste Strumpfhose, ein Tutu aus Lametta, darüber ein mit Glöckchen versehener Pulli und dazu eine pinke Schärpe, die (hoffentlich) die Rechtfertigung für dieses durchgeknallte Outfit ist: TEAM BRAUT! Im Schlepptau des halben Dutzends ähnlich verkleideter Woo-Girls steht Jennifer-Celine Schmugge, kurz Jenny, meine Freundin aus Schulzeiten und die Tochter meines größten Fans, Berthold Schmugge. Sie hat wahrscheinlich schon mitbekommen, was gerade mit meinem Vater los ist, denke ich. Na super. »Ach, Mensch, hi!«, bringe ich noch so gerade hervor, und schon folgt eine überraschend herzliche Umarmung. Durch Jennys Atem werde ich kurz passiv besoffen, dann lösen sich die anhänglichen 1,58 von mir. Dem Giggeln der anderen Mädels nach zu urteilen haben die auch ordentlich gebechert, aber nur Jenny stützt sich an meinem Stehtisch ab, um nicht umzufallen.

Ich muss etwa 16 gewesen sein, da waren Jenny und ich zusammen, hauptsächlich deshalb, weil sie einen Freund wollte und ich verfügbar war und relativ sicher vier Akkorde auf der Akustikgitarre beherrschte.

Daraus ergab sich, dass ich Jenny musikalisch unterstützen musste, wenn sie bei Schulfesten, Geburtstagen oder Silberhochzeiten ihr Gesangstalent unter Beweis stellen wollte. Ein Höhepunkt ihrer Musikkarriere bestand damals in der Teilnahme an einer Castingshow, auf die sie ihre nicht weniger verrückte Mutter die Sommerferien über vorbereitet hatte. Trotz ihres überragenden Talents war Jenny am Ende nicht Teil der finalen Band. Was damals alles an Ruhm in greifbarer Nähe war, aber letztlich von Jenny ausgeschlagen wurde, das erzählte sie noch Jahre später auf Klassentreffen jedem, der es nicht hören wollte. Jenny konnte weder sonderlich gut singen noch tanzen oder schauspielern, aber mit welcher Selbstverständlichkeit sie das anders sah, war beeindruckend.

Nach zwei Jahren erfolglosen Bewerbens an Schauspielschulen hatte sich Jenny in Bochum für das Studium schlechthin entschieden, das Geltungsdrang und mäßigen NC miteinander kombiniert: Theaterwissenschaften. Ich habe sie sicher fünf Jahre lang nicht gesehen.

Jetzt lehnt sie an diesem Stehtisch, fixiert mich mit ihren großen Augen, was ihr verräterisch lange nicht gelingt, bis sie mir überzeugt entgegenhaucht: »Kann kein Zufall sein.« Ich ahne, was sie meint, und frage trotzdem nach. Weil Worte offenbar nicht beschreiben können, wie außerordentlich unser Aufeinandertreffen an genau diesem magischen Ort zu sein scheint, breitet Jenny bedeutungsschwanger ihre Arme aus. Und als sei das ein Geheimnis, flüstert sie mir jetzt wenige Zentimeter vor meinem Gesicht zu: »Wir sind hier auf einem Junggesellinnenabschied.« Anscheinend hat sie die Schärpe, die sie trägt, komplett ausgeblendet.

»Caro und Jonas …« – jetzt scheppert Jenny mit den Glöckchen auf ihrem Pulli, indem sie ihre Brüste auf und ab hüpfen lässt. Nachdem ich die zwar registriere, aber nur verdutzt dreinschaue, ergänzt sie: »Hochzeitsglocken! Caro und Jonas! DODOING!« *DODOING*. Jenny scheint enttäuscht, dass ich so ein schlechter Spielpartner bei ihrer Version von Besoffenen-Scharade bin. Ich versuche, das wiedergutzumachen. »Ah wow, das ist ja toll. Und kenne ich Caro?« Offensichtlich war das die falsche Frage, denn Jenny reißt entsetzt die Augen auf. »Na, Caro! Aus der Elften!« Ich sehe zu der Traube an Schärpen-Mädchen hinüber und mache Caro als zukünftige Braut daran fest, dass sie ein schimmerndes Krönchen aus Plastik trägt. Ich frage mich, ob Jenny Caro seit der elften Klasse kennt oder ob die da immer noch festhängt.

»Scheiße, bin ich voll!«, lässt die Braut in spe verlauten, was mich eher in der zweiten Vermutung bestärkt. Mit einer bestimmenden Handbewegung ordert Jenny weiteren Glühwein bei ihren Freundinnen, und ohne zu zögern tippelt eines der Woo-Girls zu uns rüber und stellt demütig zwei Becher vor uns ab. Sie hat, wie die restlichen JGA-Mädchen auch, einen L-Namen, Laura oder Lana, den ich direkt vergesse, nachdem er mir genannt wird. Bevor sie jedoch kehrtmachen darf, zischt ihr Jenny etwas entgegen. Lana-Laura sucht währenddessen hektisch in ihrem Ausschnitt herum und zaubert einen Flachmann hervor.

Jenny schenkt uns nicht zu knapp ein, was den heißen Wein nicht schmackhafter macht, im Gegenteil. Mir schwant, dass ich hier nicht nüchtern herauskomme, denn während Jenny redet und trinkt und redet, trinke ich. Wer sich aus unserer Stufe schon verheiratet hat, welche Paare mittlerweile mit der Kinderplanung begonnen haben. Ich komme mir alt vor: Waren die gleichen Menschen nicht gestern noch maximal damit beschäftigt, wo man nächsten Samstag feiern geht?

Jenny ist mittlerweile bei unserer direkten Nachbarschaft angelangt und erklärt mir, ganz im Vertrauen und keine fünf Zentimeter von meinem Ohr entfernt, dass Lisa-Lena-Lilly es ja schon seit Wochen auf Lana-Lauras neuen Freund abgesehen hat, und was das bitte für ein Bitch-Move sei. Ein Bitch-Move. Soso. Ich sehe zu den Frauen. Auch wenn mein Leben davon abhinge, könnte ich sie nicht voneinander unterscheiden.

Gerade als Jenny bei den pikanten Details um Linda, Lassie und wie sie alle heißen angekommen ist, wird es am Nebentisch unruhig. Das halblaute Gegiggel wird von panischem Wiehern abgelöst. Die Stimmung kippt. In einer Tierdoku würde man jetzt vermutlich Vögel instinktiv davonfliegen sehen. Eine weitere Schrecksekunde, und die zukünftige Braut übergibt sich. Tiefrote Kotze mit Bröckchen, scheinbar wurde zuvor bei der Champignon-Bude Halt gemacht, spritzt aus der jetzt kreidebleichen Caro heraus. Eine Szene wie in *Der Exorzist*.

Die Gruppe der Girls teilt sich. Da gibt es diejenigen, die auf leisen Sohlen beiseitetreten, und dann die anderen, die hier eine Chance auf sozialen Aufstieg wittern: Laura-Lana eilt der angeschlagenen Caro entgegen, um ihr mit einer Präzision, als stünde eine OP am offenen Herzen an, die Haare aus dem Erbrochenen zu halten. Lisa-Lena-Lilly möchte assistieren, was ihr mit einem scharfen: »Sie ist nicht deine BFF!« verwehrt bleiben soll. Es entsteht ein unwürdiges Handgemenge darum, wer die Pilzreste aus der in Mitleidenschaft gezogenen Plastikkrone entfernen darf, und mir wird klar: Hier geht es um mehr. Heute wird verhandelt, wer den Sprung zur Trauzeugin schafft, wer als perspektivische Patentante infrage kommt, es geht hier um die soziale Zukunft dieser Frauen bis zur Scheidung von Caro und Jonas. Offenbar ist Jenny zu ranghoch, um sich anzubieten, Caros blutig rote Mundwinkel mit Taschentüchern abtupfen zu dürfen.

»Dafür bin ich zu blau«, verkündet meine Ex-Freundin lakonisch beim Anblick der Szene und zieht mich von der Bude weg, die mittlerweile einem Schlachtfeld gleicht. Als hätte sie die Sinnlosigkeit eines Krieges erkannt, in dem es nur Verlierer gibt, streift sich Jenny wortlos ihre Team-Braut-Schärpe ab und wirft sie wie einen Handschuh auf den rötlich-besprenkelten Pflasterstein. Sie sieht mich an und sagt drei Worte, die keine Gegenrede zulassen: »Du-Ich-Bermuda!«

Mit fast 30 geht von Jenny offenbar die gleiche Bestimmtheit aus wie mit 16, denn ich sehe mich nur wenige Sekunden später neben einer mit Glöckchen besetzten Blondine in Richtung Bermuda-Dreieck gehen.

Tatsächlich fragt mich Jenny auf dem Weg einmal nach meinem Vater. Sie hätte gehört, der wollte jetzt Kräuterhexe in der Kleingartenparzelle werden, und was da los sei, aber ich blocke ab und sage, das müsse jemand anders sein. Jenny ist nicht überzeugt, aber wahrscheinlich hatte sie heute schon genug Drama und damit ist sie bedient. Etwas Alkoholisches in die Finger zu kriegen hat für Jenny momentan Priorität.

Ich weiß nicht, warum, aber gerade jetzt, nach allem, was bis zu diesem Abend in Bochum für mich schiefgelaufen ist, weiß ich auch nicht, was dagegen spräche, einmal richtig abzustürzen. Und das kann man mit Jennifer-Celine Schmugge wie mit keiner anderen.

Das Bermuda-Dreieck ist Bochums Partymeile zwischen Innenstadt und Schauspielhaus. Und Party, das kann man hier. Grönemeyer soll mal gesagt haben, die Bochumer könnten so gut feiern wie die Dortmunder Fußball spielen. Der muss es ja wissen. Im Sommer kriegt man im Bermuda-Dreieck keinen Fuß auf den Boden, aber heute Abend ist es auch recht voll. Jennys Hairflip-Künsten sei Dank kommen wir überall schnell rein und noch schneller an Alkohol. Als wir aus dem Mandragora stolpern, einer der ältesten Kneipen hier, weiß ich nicht mehr, wer von uns beiden betrunkener ist.

Bevor ich das nächste Lokal überhaupt ausmachen kann, stehen Jenny und ich mittendrin. Ich befürchte, auf welcher Art von Party wir hier sind, als ich einen Mittvierziger auf einem angeleuchteten Podest erkenne, der ein Mikro in der Hand hält. Neben ihm wirft ein Beamer Satzteile an die Wand. Ich bin zu besoffen, um mitzulesen, aber ich schaffe es noch zu kombinieren, was das hier ist: eine Karaoke-Party. Ich bin mit Jenny-jede-Bühne-dieser-Welt-ist-meine-Bühne auf einer Karaoke-Party!

Das kann kein gutes Ende nehmen, denke ich noch, da rauscht sie schon an mir vorbei und ruft: »Neunziger-Special! Geil!« Udo aus Wattenscheid erhält Beifall für seine Interpretation eines Madonna-Hits. Ich finde, er sieht mehr nach Nirvana aus, aber scheinbar lässt er sich nicht einfach in eine Schublade stecken. Good for you, Udo. Und da glitzert Jenny schon samt Lametta-Tutu neben ihm und dem Moderator des Abends daher. Dieser beugt sich zur deutlich kleineren Jenny hinunter, doch in bester Hallo-hier-bin-ich-Manier wartet die ordentlich angetüdelte Jenny die Anmoderation gar nicht ab und stellt sich selber vor. Ein verdatterter Moderator verlässt die Bühne, und Jennys Show beginnt.

»Hallo Leute, ich bin die Jenny. Einige kennen mich wahrscheinlich noch. Von Popstars!« Stille. Jenny zieht einfach durch. »Äh ja. Wie auch immer, heute ist ein besonderer

Abend für mich.« Kunstpause. »Ich habe heute eine alte Liebe wiedergetroffen.« Vereinzelte Awww-Rufe, die Jenny sichtlich gefallen. »Und ich denke, das war schicksalhaft ... Nico, das ist für dich! Ich sage mal: To old love and new beginnings!« Jenny zwinkert mir gekonnt zu, und die Awww-Fraktion sieht sich gerührt nach mir um. Ich habe Mühe, geradeaus zu gucken. Jenny räuspert sich, die Musik setzt ein.

»If I ... should stay ...« Oh, bitte nicht. Wenn es einen Bedingungssatz im Englischen gibt, der einem verrät, dass die nächsten dreieinhalb Minuten in einer Karaoke-Bar wahrlich kein Zuckerschlecken werden, dann der Anfang von *I will always love you*. Und ich habe recht: Viel zu tief singt Jenny weiter – »I would only be in ... your wa-aaay!«

Die Menge hört andächtig zu, ein Typ mit einem Beanie in meinem Alter nickt im Takt des Songs mit, scheinbar ist er von Jennys Mut beeindruckt. Im Publikum ist Ruhe, wir stehen das hier gemeinsam durch, die bittersweet memories – gerade wird eher bitter denn süß in mein Gedächtnis eingefräst – vermute ich, bis hin zur vermeintlichen Happiness, die Jenny mir durch den Whitney-Houston-Klassiker wünscht. Noch dreimal »I will always love you«, Jenny hat sich vor Rührung selbst zum Weinen gebracht, dann ist die Nummer überstanden.

Es ist kurz still, dann reißt Jenny mit todernster Miene ihre Arme in die Höhe, als würde sie den eigenen Sieg nach einem Boxkampf feiern. Und die Menge tobt. Vielleicht ist das die vorweihnachtliche Sentimentalität bei den Leuten, vielleicht wollte man die Sängerin einfach nur übertönen. Egal. Jenny beendet ihre Performance mit einem Mic-Drop, was aus Richtung Theke mit einem »Die sind teuer, Mensch!« kommentiert wird. Jenny hüpft mir strahlend entgegen. »Boah, das war geil!« »Mega«, antworte ich knapp, und Jenny grinst so verführerisch, wie es ihr nur möglich ist. »Also bei Whitney Houston, da kommen halt auch einfach Erinnerungen hoch. Damals, als Stufen-Pärchen, unsere Auftritte. Wir waren schon … cute!« Jennys rechte Hand landet auf meinem Oberarm, und sie wagt einen ihrer Hairflips. »Oder etwa nicht?«, kichert sie mir entgegen, während sie eine drollige Schnute zieht. Um Schlimmeres zu verhindern, gehe ich Bier holen. Das nennt man vermutlich eine Kurzzeitstrategie.

Ohne Jenny brauche ich an der Theke erheblich länger. Ich zahle für zwei Pils und begebe mich mit den Getränken zurück auf die Tanzfläche. Als ich wiederkomme, ist Jenny nicht mehr alleine. Der Beanie-Typ von eben steht jetzt neben ihr, und Jenny ist sichtlich angetan. Ich habe die leise Vermutung, dass sich die aufgekeimte Leidenschaft bei dem cuten Stufen-Pärchen von einst schon wieder verabschiedet.

»Nico, du wirst es nicht glauben!« Jenny ist sichtlich aufgeregt. »Darf ich vorstellen? RUSTY!« »Hi, freut mich. Nico.« Ich begrüße Beanie-Rusty so neutral, dass ich mir auf Jennys Entsetzen keinen Reim machen kann. Sie schaut mich an, als hätte ich der Königin von England mit einem Fist Pump Hallo sagen wollen. »Nico, der *spielt* Rusty. Bei *Starlight!!*« Mein betrunkenes Hirn braucht einen Moment für diese Information. Dann verstehe ich, woher Jennys Ehrfurcht rührt. Scheinbar ist der Mann Teil der Musical Company, die bei *Starlight Express* auf der Bühne steht. Dem Musical in Bochum, bei dem verschiedene Eisenbahnwaggons Rennen fahren.

»Ah, verstehe! *Starlight Express, Starlight Express,* ich weiß, ich brauch dich jetzt!«, stimme ich ein. »Exactly. Bist du Fan?« »Naja, Fan … als Kind öfter mal gesehen. Gibt es noch den Raucherwagon?« »Haha, nein. Der war irgendwann nicht mehr politisch korrekt.« Ich schlage mich ganz gut im Small Talk, finde ich. Aber Jenny rollt mit den Augen wie eine genervte 15-Jährige, deren Boomer-Vater viel zu bemüht mit dem neuen Freund bonden möchte. Ich halte mich ab jetzt, nicht uneigennützig, zurück. Jenny und Rusty flirten, und ich stehe daneben, und als der nächste Karaoke-Hit durch den Laden pfeffert, da flüstert sie mir etwas von einmaliger Chance und Rollschuhen und Wellenlänge zu, und ich winke gleich ab. Den Zaunpfahl übersehe ich selbst besoffen nicht.

Wie Kevin Costner in *Bodyguard* nehme ich Whitney äh Jenny ein letztes Mal beherzt in die Arme. Ich versichere der verdutzten Blondine, dass ich, wenn ich bleiben sollte, ihr nur im Weg sei. Dass ich sie immer lieben würde und ich ihr nur Joy und Happiness wünsche. Ich rattere den restlichen Songtext mehr schlecht als recht herunter, Jenny kann mir nicht folgen und dann spricht sie eine unbequeme Wahrheit aus: »Ja, du, also ich glaube, wir haben einfach ein Kommunikationsproblem.« Recht hat sie. Ich verabschiede die beiden und wanke an den anderen Gästen vorbei.

Man weicht mir aus, weil ich nicht mehr geradeaus laufen kann. Ich merke schon, wie sich meine Umgebung schnell dreht, oder bin ich das? Vor der Bar spüre ich die völlig bescheuerte Kombi aus Glühwein, Kurzen und Bier. Dann nehme ich einen tiefen Atemzug frischer Luft. Ich merke direkt, wie jeglicher Alkohol des Abends durch meine Adern jagt. Ich stolpere. Der Asphalt kommt näher, und zum ersten Mal an diesem Abend denke ich darüber nach, wie ich es ohne fremde Hilfe nach Hause schaffen soll. Ich fühle zum Glück mein Handy in meiner Hosentasche. Ich sollte jemanden anrufen … dann gehen die Lichter aus, und plötzlich …

14.12. 11:02

Katerstimmung

Ich öffne mein rechtes Auge vorsichtig und finde mich in einem Paralleluniversum wieder, in dem flokatibedecktes Laminat offenbar in einem 90-Grad-Gefälle wie ein mächtiger Wasserfall gen Boden stürzt. Alles dreht sich, und ich registriere pochende Kopfschmerzen. Und wie trocken mein Mund ist.

Zweiter Versuch: Ich öffne beide Augen, und langsam sortiert mein Gehirn, wo ich mich befinde. Und was genau gestern los war. Der Flokati-Teppich, offenbar mein gestriges Schlafgemach, liegt jetzt auf dem Boden des Zimmers. Das ist richtig. Kein Paralleluniversum, Schwerkraft passt. Ich weiß trotzdem nicht, wo ich bin. Nur dass es offenbar stetig mit mir bergab geht: Die Nacht zuvor habe ich zumindest auf einer Couch geschlafen, heute scheinbar gleich auf dem Boden. Glückwunsch, Jankowski, wenn das so weitergeht, schläfst du am 24. Dezember noch in Bochum auf der Straße. Himmelbett für Tauben. Scheiße.

Eine Hand reicht mir ein Glas Wasser, in das eine Tablette fällt. Das Zischen der Brausetablette klingt für mich wie zwölf wütende Kobras. »Guten Morgen, Sonnenschein«, sagt eine Frauenstimme. Sie redet vermutlich in normaler Lautstärke, aber in meinem Kopf dröhnt es. Bitte nicht Jenny. Ich schaue auf und bin, trotz Filmriss, beruhigt.

Aylin, Cans ältere Schwester und meine älteste Freundin, kniet neben mir. Ich muss sie gestern angerufen haben, was eine überraschend weise Entscheidung meinerseits war. »Was?«, bringe ich hervor, und Aylin winkt mir als Antwort mit einem gefalteten Handtuch zu. »Geh erst mal duschen. Dann gibt's Kaffee und wir beginnen die Schadensregulierung. Du wolltest dich hier unbedingt ablegen übrigens, ich hätte dir eine Matratze angeboten. Du warst richtig fertig.« Das klingt übel, ich nicke und tapse mit großer Mühe … »Erste Tür links«, entgegnet Aylin meinem orientierungslosen Ich. Sie tippt auf ihrem Handy, während ich das Zimmer verlasse.

Die Dusche hilft tatsächlich. Ich komme langsam wieder zu mir. Ich sitze in geliehenem Pyjama und Bademantel an Aylins Küchentisch. Sie wohnt mittlerweile in Witten, zehn Autominuten von Bochum entfernt. Ich bin zum ersten Mal hier. Und hoffentlich klärt sich gleich, warum ich nicht im Haus meiner Eltern bin. Auf meinem Handy habe ich etwa 20 entgangene Anrufe. Vor mir befinden sich eine große Flasche Mineralwasser, eine Tasse Kaffee, eine Banane. Aufbereitet wie ein Erste-Hilfe-Kater-Kit. Aylin setzt sich mir gegenüber hin, und ich gestehe mir direkt ein: Die Welt vor einer Katastrophe retten, das würde sie packen, nicht der verkaterte Typ in einem geborgten Kimono, der gerade nicht sicher weiß, wo seine Hose ist. Mich erinnert das Bademantel-Ensemble an meinen Vater, und das gefällt mir nicht. Aylin macht die Ansage für den heutigen Tag. Ich bin dankbar, dass ich nicht denken muss: Wir fahren gleich zu meiner Familie, und dann klären wir, warum die Familie mich unbedingt erreichen wollte. Nicht vorher, weil das unnötig verrückt macht. Eins nach dem anderen. Ich liebe Aylins Organisationsfähigkeit. 20 Minuten später sitzen wir in ihrem Auto auf dem Weg zu meinem Elternhaus.

So verkatert, wie ich bin, ist die Fahrt alles andere als spaßig. Ich frage mich, ob ich den gleichen Weg im Auto gestern überstanden habe, ohne mich zu übergeben. Aylin fährt konzentriert und nimmt den Blick nicht von der Straße, für eine Plastiktüte auf meinem Schoß hat sie auch schon gesorgt.

Ich frage besser nicht nach, sondern sinke tiefer in den Beifahrersitz und schaue auf das Armaturenbrett, bloß nichts Bewegliches anvisieren. »Entschuldige übrigens, dass ich dich gestern noch angerufen hab. Du hattest sicher andere Pläne für den Abend, hm?« »Kein Problem.« Aylin schaut weiterhin nur geradeaus. »Ich weiß gar nicht mehr, warum ich mich bei dir gemeldet habe. Also anstatt ein Taxi zu rufen.« »Dich hätte keins mitgenommen, wahrscheinlich.« »Ja ... Danke jedenfalls. Ich weiß, ich habe mich sonst auch lange nicht gemeldet.« Aylin antwortet nicht.

»Tut mir leid. Dein Bruder meint, du hast viel zu tun? Bei der Arbeit?« »Meint er das? Okay ...« »Ja. Aber hey, vielleicht können wir die Tage ja noch mal reden? Ich bin einige Zeit noch hier ...« Aylin setzt den Blinker und biegt in einen Kreisverkehr ein. Man soll nur beim Herausfahren blinken. Sag das jetzt bloß nicht, Nico. »Also, ich würd mich freuen«, mache ich weiter. »Die letzte Zeit bei mir war einfach stressig. Alles.« »Lass gut sein, ja?«, unterbricht mich Aylin gereizt. »DU hattest viel zu tun. Bei DIR war viel los. Mann, bei uns anderen passieren auch Sachen.« »Ja, aber ...« Aylin winkt ab. »Pass auf, Nico: Wir klären jetzt erst mal, was bei deinem Papa los ist. Und alles andere klären wir, wenn ich auch Lust dazu habe. Ich warte hier nicht jeden Tag darauf.« Wow. »Okay, klar. Machen wir so.«

Den Rest der Fahrt schweigen wir. Aylin setzt mich an der Herner Straße ab, dann fährt sie um den Block, um einen Parkplatz zu suchen. Sie will noch bei ihren Eltern vorbeischauen.

»Das wird schon. Alles«, sagt Aylin und nickt mir zu, schenkt mir Zuversicht, auch wenn wir uns gerade nicht gut verstehen. »Ja, danke dir auf jeden Fall.« Ich steige aus und klopfe auf das Autodach, als wäre ich 50. Dann gehe ich mit einem mulmigen Gefühl auf unser Haus zu, die Hände in den Taschen eines geliehenen Kimonos versenkt. Gehe ich sonst langsam, um nicht gleich anzukommen, in der Laube im Kleingarten etwa, mache ich das heute aus Unfähigkeit, mich schnell zu bewegen ohne zu kotzen.

Kurze Zeit später sitze ich in unserem Wohnzimmer, in selten schlechter Verfassung, aber ich bin nicht Thema, noch nicht zumindest. Meine Mutter geht aufgeregt auf und ab, Oma Magda sitzt auf ihrem Rollator und schüttelt kaum merklich den Kopf. Das Karlchen kann sich scheinbar nicht zwischen den beiden Frauen entscheiden, es rollt unsicher mit seinen großen Kulleraugen hin und her. Die Stimmung ist angespannt.

Weil ich meinem Aufmerksamkeitsvermögen in meinem Zustand nicht ganz traue, frage ich noch mal: »Also, der Papa ist jetzt nicht mal mehr in der Laube. Und das wissen wir jetzt ganz sicher? … seit wann?«

Meine Mutter fuchtelt mit dem Festnetztelefon in der Hand herum. »Ja, Nico, Mensch, wie oft denn noch? Gestern Nachmittag, da war ich noch mit dem Karlchen im Kleingarten. Ich schaue ja eigentlich jeden Tag, ob noch Licht brennt, seit der Werner da hingezogen ist. Dass wir zumindest wissen, der hat da ein Dach überm Kopf …« »Ein Döskopp vor dem Herrn, der Werner! Nix als Flausen inne Birne!«, unterbricht meine Oma ihre Schwiegertochter bestimmt. »Das hilft jetzt nicht, Magda!« Meine Mutter schlägt sich besorgt die linke Hand vor den Mund, ihre Augen füllen sich mit Tränen. »Ich hab schon überall angerufen, bei den Leuten vom Verein, überall. Die haben da auch noch nichts unternommen, von wegen …« Sie blickt zu ihrer Schwiegermutter, dann sagt sie leiser: »Na, du weißt schon, Satzung und so. Also damit, dass er weg ist, haben Schmugge und Freimut nichts zu tun. Keiner weiß, wo der Werner ist.«

Ich versuche zu beruhigen: »Jetzt mal langsam. Dass er später wieder rein ist in die Laube? Nachdem du geschaut hast, kann das nicht sein?« Meine Mutter muss schluchzen, bevor sie antworten kann. »Nein, später in der Nacht war ich ja noch mal da. Die Laube ist nicht abgeschlossen gewesen. Also, der Papa ist irgendwo da draußen. Und so durcheinander wie der in letzter Zeit war, Nico, ich hab richtig Angst. Nicht dass er …« »Ach, Mama, das klärt sich alles. Ganz sicher.« Hoffentlich, denke ich.

»Dat du hier getz am Heulen bis, Silke, dat hat der nicht verdient, der Werner. Haut einfach ab und sacht kein Wort. N Sauhund is dat!« »Ist gut jetzt, Omma!« Meine Oma hebt die Hand. »Ja, Junge, du warst ja selber auf Jück, ohne wat zu sagen. Wie der Vatta, so der Sohn. Wat hasse da überhaupt fürn Lappen an?«

»Das …« Mir fällt zu dem Kimono nichts ein. »… ist doch egal! Ich muss doch auch nicht Bescheid geben, wo ich abends hingehe. Mal abgesehen davon, dass ihr ja wusstet, dass alles okay ist.« *Durch Aylin,* denke ich, aber das unterschlage ich jetzt. Oma Magda schnappt zurück: »Also gestern hat sich die Silke bei dir gemeldet, mehr wie einmal. Aber der feine Herr war sich ja zu fein, um ans Telefon zu gehen!« Mit ansteigender Lautstärke zieht sich das Karlchen weiter in seine 360-Grad-Nackenfalte zurück wie eine Schildkröte in ihren Panzer. »Jetzt hört auf, alle beide!«, schreit meine Mutter. »Ich kann das gerade nicht gebrauchen, das Gekeife hier!« Meine Oma und ich schauen beide schuldbewusst zu Boden, so eine 360-Grad-Nackenfalte wäre jetzt hilfreich.

»Nico, ich will, dass du gleich noch mal im Kleingarten guckst, und wenn der Werner immer noch nicht da ist, dann rufen wir die Polizei.« Wir nicken beide. Ich stehe auf, meine Oma kann es trotz Ansage meiner Mutter nicht ganz lassen: »Na, dat is mal'n Plan. Der Junge mieft ja eh die Bude voll. Mit der Fahne …« »Magda!« Ein eisiger Blick vonseiten meiner Mutter, sogar Skepsis durch das Karlchen, aber vielleicht bilde ich mir das ein. »Ja, wenn et halt so is, Silke!« Ich verbuche das unter Ruhrgebietsdirektheit in besonderer Extremsituation, also gehe ich nicht weiter darauf ein, sondern mache mich auf den Weg.

Bevor ich die Wohnung verlasse, mache ich im Badezimmer Halt, um meinen Mund auszuspülen. Im Treppenhaus rekapituliere ich: Vater vermisst, Mutter nervlich am Ende, Oma kratzbürstig. Mehr als eh schon. Läuft. Besinnlich ist anders.

Als ich die Straße überquere, erreicht mich eine SMS von Aylin. Der geht es auch dreckig, scheinbar, und bei dem Familientrubel ist sie bei mir gleich wieder hinten runtergefallen. Ich bin ein mieser Freund. »Hallo, Nico. Ich bin wieder gefahren. Komm bei meinen Eltern vorbei. Wir haben was gefunden, das dürfte dich interessieren, Aylin.«

Als mich die Celiks in ihre Wohnung lassen und ich im Wohnzimmer stehe, habe ich Mühe, meinen Mund geschlossen zu halten: Auf deren Couch hängt, an eine besorgniserregend surrende Heizdecke angedockt, versorgt mit Tee und Plätzchen, vor dem laufenden Fernseher geparkt – Werner Jankowski, Bochums moderner Hippie, der dem Konsum wie

Komfort abgeschworen hatte, um ein karges Leben zu führen. Und das sicher nicht hier. »Papa! Was machst du??« Mein Vater stellt den Tee beiseite, um mich zu begrüßen: »Mensch, Nico, wie schön. Wir schauen gerade *Gefragt – Gejagt*. Gute Sendung, muss ich schon sagen. Alles in Ordnung, Junge?«

Bitte was!? *»Alles in Ordnung?* Sag mal, geht's dir zu gut??« Ich starre meinen Vater an. Defne und Ferhat haben sich in die Küche verdrückt, um bei keinem Streit anwesend zu sein. Ich bin schlagartig nüchtern. »Papa. Die ganze Nacht warst du hier? Und das wusste keiner?« »Was meinste damit?« »Na, die Mama guckt jeden Abend an der Laube vorbei, ob du da bist.« Mein Vater bewegt seine Augen von links nach rechts, scheinbar sucht er einen Fehler.

»Ja und?« Er hat wohl keinen gefunden. »Na, die hat sich Sorgen gemacht, weil sie nicht wusste, wo du abgeblieben bist! Die ganze Nacht hat sie nicht schlafen können!« »Aha. Da war wohl Unruhe bei der Silke.« Was ist das für eine Reaktion? »Em. Ja. Papa. Das hab ich gerade gesagt.« Jetzt richtet er sich auf und macht eine ausladende Geste mit der Hand.

»Tja, sowas passiert, wenn man den Kontakt verloren hat. Mit den Geistern in sich. Deine Mutter hat sich ja auch nie gemeldet, dass ich ihr helfe, dass die mal mit ihrem Krafttier in Verbindung tritt.« Das meint der jetzt bitte nicht ernst! Ich schlucke. Und dann setzt Werner Jankowski tatsächlich noch einen drauf. »Ja, wer den Zugang zu seiner spirituellen Seite verloren hat, der kann bei Krisen halt schnell die Ruhe verlieren. Da muss die Silke einfach ma an sich arbeiten. Hab ich ihr aber auch schon mal gesagt.«

Ich glaube das gerade nicht. »Papa, soll das ein Witz sein? Wenn die Mama Angst hat, dass dir nachts was passiert, weil wir nicht wissen, wo du bist und was du machst, und weil du in den letzten Wochen total komisch bist, dann ist das ihre Schuld?«

Mein Vater verzieht seinen Mund und zuckt langsam mit den Achseln. »Also, Nico, ich muss ehrlich sagen. Ich seh mich da nich in der Verantwortung. Wir hatten hier einen schönen Abend und dat is länger geworden. Und ich muss auch sagen, in der Laube kann dat einsam sein.« Ich hebe die Hand, damit mein Vater aufhört zu quatschen. Es klappt, was mich überrascht.

»Okay. Wir machen das jetzt kurz. Papa, die ganze Nacht warst du nicht in der Laube, sondern hier bei den Celiks. Und das hast du Mama nicht gesagt, obwohl du wusstest, dass sie nach dir schaut, jeden Abend.« Ich sehe ihn direkt an, seine großen blauen Augen sehen zurück. »Sie war jetzt die ganze Nacht in Sorge, dass dir was passiert sein könnte. Bereust du das gar nicht?« Die blauen Augen werden zusammengekniffen, offenbar muss er über die Frage tatsächlich nachdenken. Er räuspert sich. »Tja, Junge. Ich sach ma so: Auch so ein extremes Gefühl kann eine Lehre sein. Diese Hilflosigkeit, da scheint jemand unbedingt die Kontrolle haben zu wollen. Sowas kann nich immer gut gehen. Da muss die Silke noch einen weiten Weg gehen, ich sag's, wie es is.«

Wehe, du fängst jetzt mit Werners Weg an. »Und, naja, die scheint da einfach ihr Herz an mich gehängt zu haben. Sonst würde sie ja nicht so extrem reagieren ...« Mein Vater nickt sich selbst bestätigend zu und lächelt versöhnlich. »Moment mal, das freut dich jetzt, wenn wir uns um dich sorgen?« Ich habe ehrlich Angst, was ich mache, je nachdem, welche Antwort mein Vater mir geben wird. Er zuckt mit den Schultern, dann kommt der ultimative Hammer dieses ohnehin beschissenen Tages: »Naja, Freude ... Das zeigt mir halt, dass ich noch einen gewissen Wert bei euch habe. Und das ist ja schon … schön.«

Ich weiß nicht genau, wie lange ich nach dem Satz nur so dagestanden habe. Vielleicht fünf Sekunden, vielleicht fünf Minuten. Keine Ahnung. Mein Vater brabbelt noch weiter über die Tiefe der Seele und den schamanischen Zugang zu dem, was man braucht, was man will. Ich bin zu geschockt, um zuzuhören. Ich drehe mich irgendwann um und verlasse die Wohnung, ohne noch irgendwas zu sagen.

Als ich zu Hause bin, erzähle ich meiner Mutter und meiner Oma, wo mein Vater ist. Und ich ziehe einen weiteren Entschluss: dass ich spätestens morgen hier weg muss.

15.12.
Auszeit

Liebe Mama,

wenn du diesen Zettel auf dem Küchentisch findest, bin ich schon mit dem Auto auf dem Weg aufs Land, genauer: Ich besuche meinen Arbeitskollegen Philipp bei seiner Familie in Willingen.
Sicher nicht für lange, und den Heiligabend bin ich bestimmt in Bochum, keine Sorge.
Durch die letzte Aktion von Papa habe ich nur gemerkt, dass ich hier dringend raus muss. Ich habe den alten Toyota von Oma geliehen und gestern alles Nötige mit Philipp geklärt. Ich kann da einige Tage bei den Eltern wohnen.
Mein Wunsch ist einfach, so mehr Abstand zu diesem ganzen Chaos zu bekommen. Ich hoffe, du verstehst das.
Es tut mir leid, aber ich habe durch Papas Laubennummer gemerkt, dass ich mir das nicht geben kann. Mama, der hat uns absichtlich im Unklaren darüber gelassen, wo er die Nacht verbringt, um uns zu manipulieren! Ich kann das nicht mitmachen, und ich will es vor allem nicht. Mich erinnert das einfach zu sehr an so viele Geschichten von früher, in denen Papa mein Vertrauen enttäuscht hat, unzuverlässig war.
Wenn er jetzt weiteren Ärger im Kleingarten hat, dann werde ich mich nicht mehr kümmern. Das war eine Nummer zu viel letzte

Nacht. Und ich halte das auch nicht für gesund, wenn du dich weiter dafür verantwortlich fühlst.
Bitte entschuldige, dass du diese Nachricht jetzt vielleicht unvermittelt liest, aber ich hatte ehrlich keinen Nerv dazu, das zu diskutieren. Ich habe mein Handy dabei, für absolute Notfälle. Ich brauche die Zeit, und ich komme sicher in ein paar Tagen wieder zurück. Bis dahin.

Alles Liebe, Nico

16.12. 09:08

Erbsensuppe im Glas

Hübsche, alte Fachwerkhäuser, mit Schiefer gedeckt, gepflasterte Gassen und jede Menge Nadelwald, die das verschneite Örtchen umgeben. Willingen. Ein Paradies für Wanderer wie Skiurlauber.

Ich bin gestern spätabends angekommen. Mit dem alten Toyota konnte ich nur langsam aus dem Ruhrgebiet raus und durch das Sauerland fahren, musste hinter einer gemächlichen Lkw-Kolonne kleben, weil überholen mit so einem alten Wagen eine dumme Idee wäre.

Die Region ist größer als der Pott, aber hier wohnen nicht ansatzweise so viele Menschen. Ein bisschen gespenstisch, der viele Wald und diese kleinen Dörfer, die nur zur Schützenfestsaison im Sommer aufleben. Ansonsten werden hier die Bürgersteige ab fünf Uhr nachmittags hochgeklappt. Wenn es denn welche gibt.

Hinter der hessischen Landesgrenze erreiche ich Willingen und das Elternhaus von Philipp, der mich schon am Parkplatz eines Restaurants mit einer Laterne erwartet. Ich musste zweimal hinschauen, um ihn zu erkennen. Philipp ist hier nicht nur optisch ein ganz anderer Mensch – er hat seine kurzärmeligen Hemden und die Hochwasserhosen gegen ein übergroßes Snowboardoutfit eingetauscht –, er wirkt hier auch viel gelöster. Als wäre er durch die Landluft aufgeblüht oder so.

Nachdem wir meine Sachen in der kleinen Dachgeschosswohnung seiner Familie untergebracht haben, haben wir den Abend mit Philipps Eltern und Geschwistern verbracht. Die sind alle sehr freundlich, wie Philipp, nur lauter. Es gab Spaghetti Bollo, und später wurde UNO gespielt.

Philipp hat vier jüngere Brüder. Der jüngste, Nils, ist erst 14, dann gibt es Jakob und Jonas, 16-jährige Zwillinge, und David ist nur ein Jahr jünger als Philipp. Die Stimmung hier ist ein bisschen wie bei einer Freizeit, ich falle ziemlich schnell nicht mehr groß auf, und das fühlt sich gut an. Schon beim Spieleabend wurden Pläne geschmiedet, was ich alles unternehmen muss. Der ganze Trubel hier lässt mir gerade keine Zeit, über Bochum nachzudenken. Wie lange das wohl anhält?

David, Philipp und ich stehen heute früh mit Rucksäcken voller Proviant vor dem Familienhaus, das, und das habe ich gestern Nacht nicht bemerkt, direkt an einer kleinen Straße liegt, die vom Ortskern zur Skipiste führt. Wir stehen in einem Strom aus Menschen, die ihre Skier schultern oder Schlitten hinter sich herziehen, kleine Kinder in Schneeanzügen an der Hand führen. Wir reihen uns ein, ohne Skier oder Schlitten, unser Ziel ist nämlich nicht die Piste selbst, sondern eine Hütte, die daneben liegt. Und zwar nicht irgendeine Hütte, Siggis Hütte.

Spätestens als wir drei in den Berggasthof einkehren, bezweifle ich Philipps Urteil, Willingen sei ein gemütlicher Ort zum Runterkommen. Wir bekommen kaum einen Fuß auf den Boden, weil die Hütte von Einheimischen und Touristen überfüllt ist, die sich alle auf eines einigen: Après-Ski. Es wummert deutscher Schlager durch den holzvertäfelten Gästebereich, dazu hört man eine ausgelassene Mischung aus Deutsch und Holländisch, es gibt viel Bier und Kräuterschnaps.

»Das musste probieren. Ist Kult!«, meint Philipp, als drei große Glaskrüge mit Erbsensuppe vor uns abgestellt werden. In jedem schwimmen lange Bockwürste, die zu einem Drittel aus der Suppe herausgucken.

Auch wenn zehn Uhr dreißig nicht wirklich meine Erbsensuppenzeit ist, will ich das Kultritual in Siggis Hütte nicht ausschlagen. Und es schmeckt. Philipp hat seit drei Tagen frei und ist direkt heimgefahren. Seine Brüder und er arbeiten an der Dachgeschosswohnung der Eltern, renovieren unter anderem die kleine Küchenzeile darin. Als ich etwa den halben Krug geleert habe, vertraut mir Philipp an, dass er im nächsten Jahr vorhat, wieder zurück nach Willingen zu ziehen. »Hamburg ist mir einfach zu groß, Nico. Und zu unfreundlich. Das habe ich das Jahr über nur noch mehr gemerkt. Für das Volo war das ganz nett, aber mir reicht's jetzt. Und hier wird bald was frei, *Stadtanzeiger.*« Wow, denke ich. Dann ist bei der Arbeit der einzige Kollege weg, den ich mochte. »Mensch, das sind ja Neuigkeiten. Aber schön für dich, also wenn du das so möchtest. Wissen die in Hamburg schon davon?« Philipp schüttelt den Kopf. »Mache ich alles im nächsten Jahr. Jetzt hab ich erst mal frei!« Er nimmt einen letzten Schluck Suppe, lässt den Krug mit einem dumpfen Aufprall auf den Stehtisch sausen und stößt leise auf. »Und das muss gefeiert werden!«, mischt sich Philipps Bruder David ein, der sich aufmacht, vermutlich um Getränke zu erstehen.

Als er wiederkommt, hat er zwei Bier dabei und einen jungen Mann im Schlepptau, der ebenfalls zwei Bier an unseren Stehtisch bringt. »Schau mal, Philipp, wen ich mitgebracht habe.« Philipp dreht sich um, und seine Augenbrauen schnellen kurz nach oben. »Das ist ja eine Überraschung, hey!«, sagt er, dann bekommt der Mann einen Kuss auf den Mund. Hoffentlich kein weiterer Bruder, denke ich noch. Dann klärt Philipp auf. »Nico, das ist Adrian, mein Freund. Er ist hier Landwirt im Umland.« Adrian gibt mir einen kräftigen Händedruck. »Schön, dich kennenzulernen. Phil hat schon erzählt, dass du endlich mal das beschauliche Willingen besuchen wolltest. Was sagste denn bisher?«

Naja, beschaulich? »Ja, also ist schon was anderes als Bochum. Und viel los hier, hätte ich gar nicht gedacht. Aber ich habe noch nicht allzu viel gesehen, ehrlich gesagt.« »Dann müssen wir dich mal auf die Piste schicken!«, lacht Adrian. »Und Hüttengeist? Kennt er schon?« »Später!«, beruhigt Philipp seinen Freund. Scheinbar habe ich noch ein richtiges Touriprogramm vor mir, was auch immer Hüttengeist sein soll. Ich schiele auf mein Handy. Keine Nachrichten von meiner Familie. Ich denke kurz darüber nach, meinen Vater im Netz zu suchen, lasse die Idee aber sofort wieder fallen. Du bist raus aus der Nummer, Nico. Bleib dabei!

Wir verbringen noch einige Zeit auf der Hütte, dann geht es runter ins Tal. Die Jungs haben mir einige Wanderwege gezeigt, und zum Kaffee sind wir wieder bei Philipps Eltern. Die Zeit vergeht ziemlich schnell, vermutlich weil überall jemand rumwuselt, sich etwas zu essen macht, spielt. Ich ziehe mich ins Gästezimmer der Dachgeschosswohnung zurück. Durch das Haus schallt das Gelächter der Jungs. Erschöpft lasse ich mich auf das Bett fallen.

Um das Abendessen mit der Familie sicher nicht zu verpassen, stelle ich einen Weckruf in meinem Handy ein. Auf dem Bildschirm ist noch immer das Icon der Dating-App zu sehen. Das war ja mal ein Reinfall. Ich wähle die rote Flamme mit dem Zeigefinger aus. Deaktivieren? Aber sowas von! Während das Symbol vom Bildschirm verschwindet, bin ich versucht, im Internet nach meinem Vater zu recherchieren.

Kurz bevor ich das in die Tat umsetzen will, klopft es an der Zimmertür. Eine Familie, bei der es kultiviert wird, an Türen zu klopfen. Beneidenswert. »Ja?« Philipp öffnet die Tür und lehnt sich gegen den Rahmen. »Na, hat dich unsere große Familie geschafft? Du wärst nicht der erste Gast, der von dem Trubel zu viel kriegt.« Ich setze mich aufrecht hin. »Hey, Quatsch. Ich bin gerne hier, danke noch mal für die Einladung.« »Na klar.« »Ich hatte nur gerade über meine Familie nachgedacht. Da ist ja einiges im Argen, leider.« Philipp nickt mir zu. »Darf ich noch mal nachhaken, was da mit deinem Vater los ist? Oder magst du nicht drüber reden?« »Ach, naja. Alles hatte angefangen, als mein Vater vor einigen Monaten in Rente gegangen ist. Der hat wahrscheinlich irgendeine Aufgabe gesucht und, warum auch immer, ist er bei Schamanismus gelandet. Ich weiß auch nicht, wie er daran gekommen ist.« »Echt? Schamanismus? Klingt ja … krass.« Da ist er wieder. Philipps Adjektiv-Service.

»Ja, schon«, sage ich. »Er wollte das dann bei uns im Kleingarten ausleben. Da wohnt er jetzt. Also, so richtig. Und diese ganze Sache ist irgendwie immer größer geworden, die Presse hat berichtet, wahrscheinlich tut sie das immer noch. So eine Firma wollte da Events draus machen. Aber mittlerweile machen sich die meisten Leute nur noch lustig. Es gibt keinen Zuspruch mehr für diese Aktionen. Und mein Vater wird so richtig durch den Kakao gezogen.« Philipp ist zu sehr mit den ganzen Informationen beschäftigt, um ein neues Adjektiv ins Gespräch zu streuen. Also rede ich einfach weiter. »Und wir haben schon einiges versucht, damit mein Vater nach Hause kommt. Meine Mutter und ich. Aber das ist alles mächtig nach hinten losgegangen. Mein Vater steckt da richtig tief drin, und dass wir uns sorgen, ist ihm egal. Ach ja, und vermutlich wird er da bald rausgeworfen. Also aus dem Kleingarten. Wo er dann hin will, keine Ahnung.« Philipp tritt von einem Bein aufs andere, dann sagt er noch mal »Krass.« Ich nicke. Dann klopft er gegen den Holzrahmen der Tür. »Darf ich da ein, zwei Sätze zu sagen?« Philipp drückt sich immer so höflich aus, die Leute im Ruhrgebiet würden den sicher sprachlich verrohen lassen, wenn er da mal wohnen würde. Oder er würde einfach nie zu Wort kommen. »Sogar drei«, sage ich, und Philipp lächelt.

»Also, wie gesagt, erst mal freue ich mich, dass du hier zu Besuch bist. Nur, was du mir da von deiner Familie erzählst, scheint echt verfahren zu sein. Und ich weiß nicht, ob du möglicherweise anders damit umgehen solltest. Wir hatten hier in der Familie vor einigen Jahren auch mal ziemlichen Ärger.« Was? Ärger bei den Waltons von Willingen? Da hat doch maximal jemand aus dem falschen Becherchen getrunken, vermute ich. »Adrian und ich sind jetzt schon über fünf Jahre zusammen.« Mann, ich habe wirklich gar nichts von Philipps Privatleben mitbekommen. »Das hatte sich irgendwie so ergeben, war zu Anfang nichts Festes. Und dementsprechend habe ich das zum Beispiel meinen Eltern gar nicht erzählt. Aber weil das hier so ein kleiner Ort ist, hat sich das schnell rumgesprochen. Die Mutter eines alten Freundes zum Beispiel hat sich ziemlich das Maul zerrissen. Mit dem habe ich im Studium zusammengewohnt. Und da ist nichts lange privat geblieben, weiß ich jetzt.« »Das tut mir leid«, entgegne ich. »Ach, halb so wild. Mir tun diese Leute eher leid, die nichts Besseres zu tun haben, als zu tratschen. Wie auch immer, dass wir zusammen waren, Adri und ich, haben dann auch meine Eltern erfahren.« »Aber die kommen mir nicht so vor, als hätten sie ein Problem damit?« »Haben die nicht. Und hatten sie auch nie. Nur war meine Mutter sehr verletzt. Sie dachte halt, ich hätte das verheimlicht, weil ich meinen Eltern nicht vertrauen würde.« »Verstehe.« »Ja. Und ich denke heute … Wir hätten das vermeiden können, wenn wir miteinander geredet hätten. Ich hatte ja nie die Absicht, dass sich meine Mutter schlecht fühlt.« »Okay. Aber ich denke, mit meinem Vater ist das anders. Also, ich habe nicht nur einmal versucht, mit ihm zu sprechen in den letzten Tagen. Der bekommt das gar nicht richtig mit, was um ihn herum los ist. Blockt einfach ab.« Philipp kratzt sich am Hinterkopf. »Und besteht deine Familie nur aus deinem Vater und dir?« Ich melde mich fast wie in der Schule, dann sage ich: »Ich habe meiner Mutter aber extra geschrieben, dass sie sich melden kann, wenn es etwas besonders Schlimmes …« Philipp sieht mich fragend an, und ich merke selber, wie bescheuert das klingt. »Überleg dir doch mal, ob du vielleicht mehr reden magst. Und weniger schreiben. Aus der Ferne noch dazu. Kommt verbindlicher.« Philipp klopft noch mal gegen den Holzrahmen der Tür, dann sagt er: »Ich bin mal unten, das Essen vorbereiten. Denk einfach mal ganz in Ruhe drüber nach. Das waren ja jetzt sogar mehr als drei Sätze von mir zu dem Thema.« Ich hebe die Hand zum Gruß, Philipp lächelt kurz, dann schließt er die Tür hinter sich.

Ich werde ihn auf jeden Fall vermissen, wenn Philipp im nächsten Jahr wirklich kündigen sollte.

17.12. 13:59

Auf Skiern durch die Katastrophe

Für das nächste Jahr habe ich jetzt schon einen Vorsatz: weniger Sport. Am besten gar keinen. Zwischen sportlicher Betätigung und mir sollte es mindestens einen Fernsehbildschirm Abstand geben, Biathlonschauen geht also noch, Olympische Spiele von mir aus auch, aber das war's dann auch.

Langlaufski … Was für eine dumme Idee. Also, dass ich das gerade versuche zum einen, sowie das Konzept an sich: Lasst uns doch ein Fortbewegungsmittel, das mithilfe der Schwerkraft viel besser funktioniert, auf einer ebenen Fläche benutzen, vielleicht auch Radfahren mit platten Reifen und Polo ausschließlich auf blinden Pferden praktizieren. Why not? Was für ein Mist.

Ich atme kalte Luft ein, die meinen Hals austrocknen lässt, und habe Seitenstechen. Philipps Mutter hat mich mit dem Bulli der Familie an einem Waldparkplatz abgesetzt, nachdem sie die Brüder zum Snowboarden gefahren hat. Das wollte ich mir sicher nicht geben, aber die Familie war heute früh so stolz auf deren Sammlung an Skiern und Schlitten, dass ich mich nicht getraut habe, einfach Nein zu dem Angebot zu sagen, den Tag draußen zu verbringen. Und hier sehen mir zumindest nicht so viele Leute zu. Tatsächlich bin ich komplett alleine auf der plattgewalzten Strecke, die sich zur Linken an einem dichten Nadelwald, zur Rechten an einer verschneiten Kuhwiese vorbeizieht. Obwohl Philipp das Paar Langlaufskier heute früh vor meinen Augen gewachst hat, komme ich kaum von der Stelle. Ich blicke hinter mich: Der Parkplatz ist erst wenige Hundert Meter entfernt. Und meine Spuren im Schnee zeigen mir, dass ich wilde Zickzacklinien gefahren bin, grobmotorisch und dilettantisch. Der Schnee ist stumpf. Und von der freien Fläche aus weht mir kalte Luft in den Nacken. Ich hasse Natur. Ich gehöre einfach nach drinnen.

Als ich an einer Weggabelung ankomme, sehe ich auf meinem Handy nach, welches der richtige Weg ist. Ich habe einen entgangenen Anruf, von … Aylin. Nachdem ich mein Handy in die Höhe gestreckt habe, um kurz mobile Daten zu erhaschen, lädt die Routenplanung. Ich muss links abbiegen. Außerdem hat die Chefin eine Mail geschrieben, nein, zwei. Die erste ist an das gesamte Team gerichtet: Schöne Weihnachten und einen Guten Rutsch und alles Liebe und Gute vonseiten der Geschäftsleitung. Die Standardmail zum Jahreswechsel. Auf dass wir auch im nächsten Jahr weiter so toll zusammenarbeiten.

Dann öffne ich die zweite Mail. Die ist nur an mich adressiert. Und nicht ganz so freundlich. Meine Vorgesetzte möchte einen Gesprächstermin im Januar erbitten. Um meine Performance der letzten Wochen zu evaluieren. Performance. Je unkonkreter solche Jobangelegenheiten formuliert sind, desto schlimmer ist es. Es geht um nicht eingehaltene Deadlines und meine Erreichbarkeit und um »das Abgleichen von Erwartungen mit meiner Overall-Performance«. Ist das vielleicht ein Tippfehler? Vermutlich meint sie nicht, wie ich in Pullis aussehe. Scheiße. Das klingt alles ziemlich nach Kündigung. Naja, eigentlich nicht verwunderlich. Ich kann mich nicht an einen Tag erinnern, an dem ich zuletzt acht Stunden motiviert in meine Arbeit gesteckt hätte. Eher komisch, dass die mich so lange behalten haben. Was mache ich, wenn die mich tatsächlich rauswerfen? Ich habe gar keine Lust, mir was anderes zu suchen. Ich habe gar keine Lust, irgendwas Berufliches zu entscheiden. Ob mich Philipp in Willingen beim *Stadtanzeiger* unterbringen kann? Oh Mann, ich bin so planlos.

Als ich weiterstapfe, führt die Strecke weg von den Feldern und tiefer rein in das düstere Waldstück. Und geht langsam bergauf. Sie geht bergauf? Was soll das denn jetzt? Sowas ist nicht okay. Da muss man doch drauf vorbereitet werden. Damit man … naja, zu Hause bleiben kann. Ich bewege meine Stöcke zum Entlangkraxeln an der Strecke, die mittlerweile nicht mehr gewalzt ist, sondern mit pappigem Schnee überdeckt, in den ich knöcheltief einsinke. Mein Handy surrt. Ich bleibe stehen und ziehe es aus der Jackentasche.

Aylin hat noch einmal angerufen und eine Nachricht geschrieben. Es ist ein Link zu einem Artikel. Und schon die Überschrift bringt mich dazu, dass ich mich am liebsten unter der Schneedecke um mich herum vergraben möchte. Es ist ein Artikel der lokalen Zeitung in Bochum. »Kleingartenkolonie außer Kontrolle! Revierschamane Jankowski steckt weitere Vereinsmitglieder mit spirituellen Zukunftsvisionen an.« Darunter sind Schmugge und Freimut zu sehen, der erste und zweite Vorstand des Kleingartenvereins, die noch vor wenigen Tagen in unserer Wohnung aufgeschlagen sind. Und mein Vater natürlich. Alle drei tragen Winterschuhe, Jogginghose und über dem Shirt mit Tieraufdruck – Bär, Hirsch, Eule – ihre Bademäntel. Sie marschieren offenbar durch die Anlage und scheinen die einzelnen Parzellen zu weihen, ein bisschen wie die Boomer-Version der Heiligen Drei Könige, mit ganz vielen esoterischen Paraphernalien ausgestattet. Ich bin mir ziemlich sicher, dass der kleine Herr Freimut sogar den Traumfänger aus Papas Laube in seiner Hand hält. Was ist da bitte los?

Die Hoffnung, dass mein Vater mit der Zeit eventuell die Lust an seinem neuen Hobby verliert, schwindet also gerade auch. Und dass der Verein ihn rauskickt und er deshalb zurück nach Hause zieht ebenfalls. Wie konnte mein Vater das nur schaffen, diese beiden Männer davon zu überzeugen, jetzt ebenfalls ihr Glück im Kleingarten zu suchen? Ich schaffe es nicht, den Artikel genauer zu lesen. Ich bin zu aufgeregt. Werners_Weg hat also wieder Aufwind bekommen. Wie es meiner Mutter wohl damit geht? Ich kann mir nur vorstellen, wie sie jetzt endgültig die Nerven verliert. Auch wenn sie teils Abstand von meinem Vater nehmen wollte – ich bin mir sicher, dass sie gerade zu Hause keine ruhige Minute hat, in Panik, welche verrückte Idee mein Vater als Nächstes umsetzen wird. Und jetzt auch noch mit Unterstützung des Vorstands! Das kann nur in einer Katastrophe enden. Und die Leute machen sich bestimmt schon wieder lustig. »Spirituelle Zukunftsvisionen«. Oh Mann. Ich muss dringend zu Philipp heim und mir das in Ruhe anschauen.

Der Weg nimmt eine weitere Kurve. Wenigstens bin ich jetzt auf einer Höhe, die nicht mehr weiter ansteigen dürfte. Ich fahre weiter durch den tiefen Schnee, habe langsam den Dreh raus, auch wenn ich sehr kurzatmig bin. Ich setze die Stöcke kraftvoll ein und gleite sogar bis zur nächsten Armbewegung ein bisschen von selbst ... bis der rechte Stock in einer Pfütze unterm Schnee versinkt. Natürlich, warum hätte es auch mal wenige Momente lang einfach in meinem Leben sein sollen? Ich ziehe an dem Stock, doch nichts passiert. Ich ziehe fester, das kann doch nicht wahr sein! Auf einmal – ZACK! – habe ich nur noch den Griff in der Hand, mein rechter Arm saust nach oben, und durch das Ungleichgewicht falle ich auf die linke Seite. Mein rechter Schuh löst sich vom Ski. Während ich im Schnee liege, fühle ich meine linke Hüfte schmerzen, mein Hintern wird kalt, und ich … lache. Warum auch nicht! Mein Gackern hallt an den Bäumen vorbei, es macht richtig Spaß. Ich lasse meine Stimme laut und tief durch den Wald schallen. Das macht richtig Spaß. Kleingartenkolonie außer Kontrolle! Ich pruste und muss mit geschlossenen Augen so sehr kichern, dass mir die Tränen kommen. Ich spüre meinen Puls, der aufgeregt schlägt. Ist das jetzt ein hysterischer Anfall?

Ich bin bald arbeitslos und meine Familie wird jetzt endgültig für verrückt gehalten, vermutlich ist sie das. Ob sich dieser ganze Unsinn in der Gartenlaube aufhalten lässt, bezweifle ich. Dazu hat sich in den letzten Tagen herausgestellt, dass ich nicht mal mithilfe einer Dating-App zum Stich komme. Ich bin immer noch nicht über Katharina hinweg. So perspektivlos war ein Jahresende bei mir vermutlich noch nie. Wie viel kann bitte innerhalb von einem Monat schiefgehen? Ich atme langsam aus, um mich zu beruhigen.

Als ich die Augen wieder öffne, verleihe ich dem Tag in Sachen Perspektivlosigkeit tatsächlich noch einen Extrapunkt. Mitten auf dem Weg, keine zwei Meter von mir entfernt, steht ein Wolf, der mich mit seinen gelben Augen fixiert, während er sich langsam nähert. Ich höre nichts. Nur das Rauschen meines Blutes durch meinen Kopf und das schnelle Hecheln meines eigenen Atems. Ist das jetzt der Moment, in dem ich sterben werde? Wird Philipp davon im *Stadtanzeiger* berichten?

Das wird er sicher sehr nett machen. Oder ist das gerade tatsächlich mein Krafttier? Hatte mein Vater die ganze Zeit über vielleicht recht? Der Wolf und ich haben noch immer Augenkontakt, dann fällt mir auf, dass Tiere das als Provokation verstehen, also mache ich meine Augen schnell wieder zu. Ich muss ja auch nicht unbedingt zugucken, wenn ich tatsächlich gefressen werde, ich bekomme die Konsequenzen der Situation ja eh mit.

Mein Vater geht regelmäßig in ein inneres Gespräch mit seinem Krafttier. Vielleicht hilft mir das jetzt auch. Was könnte ich fragen? Wie kommen wir aus dem ganzen Schlamassel bitte raus, wenn möglich spätestens bis zum 24. Dezember? Ich öffne mein rechtes Auge nur einen Schlitz weit. Dann beide, weil ich den Wolf schon eben nicht mehr gesehen habe. Ich sehe mich um, nichts. Und nirgends Fußspuren. Nico Jankowski, du musst aufpassen, dass du nicht noch komplett den Verstand verlierst.

Nach meiner ereignisreichen Langlauftour bin ich am vereinbarten Treffpunkt und werde mit dem Familienbulli eingesammelt. Zuhause bei Philipps Familie beruhigt mich die genauere Recherche nach dem Revierschamanen nicht, eher im Gegenteil. Dass ich schnellstmöglich nach Bochum fahren will, um mich nach meinem Vater zu erkundigen, meiner Mutter beizustehen – Philipp hat natürlich Verständnis. Er hilft mir packen, auch wenn ich kaum etwas mitgebracht habe. Ich bin nach zehn Minuten in der Dachgeschosswohnung abfahrbereit und verabschiede mich von allen Brüdern und von Philipp und seinen Eltern. Als er mir hilft, mein Gepäck im Auto zu verstauen, meint Philipp noch: »Du kannst dich immer melden, wenn du Hilfe brauchst. Und weil wir uns bis dahin ja wahrscheinlich nicht mehr sehen: Schöne Weihnachten. Mach's gut.« »Du auch!«, sage ich, dann wünsche ich ihm ebenfalls alles Gute und bedanke mich. Zumindest hat mir dieser Advent gezeigt, dass Philipp ein richtiger Freund ist. Und das ist auch etwas wert. Noch während der Autofahrt zurück verabrede ich mich mit Can und Aylin, um morgen die Lage zu bereden. Ich habe das Gefühl, dass die nächsten Tage bis zum 24. nur zu schaffen sind, wenn ich Verbündete an meiner Seite habe.

18.12. 14:03

Wegducken gilt nicht

Schon von außen sieht uns Can im Kortland sitzen und hebt die Hand, als er von der Trinkhalle aus über die Straße läuft. Aylin und ich sitzen, jeder einen großen Kaffee vor sich, an der großen Fensterscheibe des Cafés. Nachdem er uns beide begrüßt hat – mich mit einer Umarmung, seine große Schwester mit einem nicht ernst gemeinten Händedruck, der mit Augenrollen quittiert wird –, zieht er einen Barhocker durch den Raum und setzt sich zu uns.

»Und, worüber reden wir?« »Nico meinte gerade, dass er gestern einen Wolf im Wald getroffen hat.« Aylin spricht das so aus, dass völlig klar ist, dass sie kein Wort davon glaubt. »Echt? Geil. Selfie gemacht?«

Besser könnte man nicht verdeutlichen, wie unterschiedlich die beiden sind. »Ging alles ganz schnell leider …« Wenn es überhaupt passiert ist, denke ich noch. Aber egal.

Can bestellt sich einen schwarzen Tee, Aylin übernimmt die Gesprächsführung. »Also, Nico. Ist ja schön, dass du dich nach deiner kleinen Auszeit mal wieder entschieden hast, uns hier mit deiner Anwesenheit zu beehren …« Ironielevel 100, aber ich hab's wahrscheinlich nicht anders verdient. »Was ich dir geschickt habe, hast du dir ja schon angeschaut, oder? Wir dachten uns, du solltest das schon wissen, was hier abgeht. Auch weil …« Sie macht eine Pause. »Deine Mama war ganz oft bei unseren Eltern, seit du weg bist. Hat viel mit unserer Mutter geredet. Der geht es richtig dreckig, Nico«, erklärt mir Can, dann fragt er: »Aber wahrscheinlich habt ihr schon geredet? Seit wann bist du hier?« »Ich bin gestern Nachmittag zurückgefahren. Hat lange gedauert die Fahrt. Mit dem alten Wagen von Oma Magda, das war auch abenteuerlich bei dem ganzen Schnee im Sauerland … Wie auch immer, meine Mutter hatte Schicht in der Klinik. Ich sehe sie, denke ich, gleich, wenn ich wieder zu Hause bin. Ich weiß, das war nicht cool, nur so eine Nachricht zu schreiben und abzuhauen. Aber ich hatte wirklich keine Lust mehr auf den Kram mit meinem Vater.« »Aber deine Mutter schon?«, entgegnet Aylin schroff. Can stößt sie mit dem Ellenbogen an.

»Ich werde mich noch vernünftig entschuldigen, keine Sorge. Meine Hoffnung war so ein bisschen, dass sich das vielleicht von alleine löst mit meinem Vater und dem Kleingarten. Schon dadurch, dass die vom Verein ihn dort nicht mehr dulden würden. Aber das sieht ja jetzt mal ganz anders aus …« Can spuckt beinahe seinen Tee aus. »Und wie! Der Schmugge und der Freimut sind jetzt auch im Eso-Game angekommen.« Er kann ein Lachen kaum unterdrücken. »Oh Mann, ausgerechnet dieser mies gelaunte Schmugge. Weißte noch, wie wenig der dich früher abkonnte, als du was mit der Tochter hattest? Jessy oder so?« »Jenny«, sage ich. »Und ja, der war kein Spaßvogel. Richtig komisch, dass die drei da jetzt gemeinsame Sache machen. Also der zum Beispiel wirkt doch gar nicht so alternativ. Wisst ihr da schon mehr? Ich habe mich noch nicht so richtig getraut, in den sozialen Medien zu schauen, was sich da alles getan hat.«

Aylin kramt ihr Smartphone hervor. »Da hast du noch einiges vor dir. Willst du wissen, was du verpasst hast?« Ich nicke, und wir durchforsten zu dritt Twitter & Co. nach meinem Vater. Und tatsächlich: Wir brauchen nicht lange zu suchen. Der #Revierschamane ist weiterhin angesagtes Thema. Durch die Unterstützung der beiden Vorstandsmänner scheint sich auch die Aufmerksamkeit für die schamanischen Praktiken im Schmechtingswiesental vergrößert zu haben. Einige Kommentare verhöhnen die drei, die ja auch objektiv einfach etwas lachhaft aussehen, wie sie auf diesen selbst gedrehten Videos durch den Kleingartenverein schreiten und jeden Strauch und jeden noch so kümmerlichen Ast liebkosen und sich für deren Wachsen bedanken. Angeblich sind die anderen beiden jetzt auch in ihre Lauben gezogen, um mit gutem Beispiel voranzugehen, dass man auch mit weniger Komfort gut leben kann. Oh Mann!

Die wenigen Kommentare, die mal positiv meinem Vater gegenüber gestimmt waren, scheint es nicht mehr zu geben. Oder sie fallen in der Masse an Häme nicht auf, das kann auch sein. Und neben denjenigen, die sich einfach gerne lustig machen, gibt es viele Leute, die sich fragen, was hinter der ganzen Aktion steckt. Viele vermuten Betrug, dass die drei Laubenschamanen fürs Mitmachen bei den Ritualen bald Knebelverträge aufsetzen werden. Und dieses ganze Gerede von Minimalismus, das ist doch sicher nur eine Masche, um erst mal rüberzukommen, als sei man nicht auf Geld aus. Ich habe vorerst genug. »Okay, scheint sich also nicht beruhigt zu haben, die ganze Sache. Wäre ja auch zu schön gewesen.« Can zuckt ratlos mit den Schultern, Aylin verstaut ihr Handy und drückt ihrem Bruder einen 5-Euro-Schein in die Hand. »Tja. Wenn du auf dem Schirm hast, was hier los ist, und nicht direkt wieder abhaust …« Aylin sieht aus dem Fenster, während sie sich ihren Schal umwirft und ihre Tasche vom Boden aufhebt »… dann kann ich jetzt los, denk ich. Also: Macht's gut, ihr beiden. Ach und … Schläfst du heute bei Mama und Papa?« Can nickt. »Dann bis später.« Aylin verlässt den Laden, und als sie an der Fensterfront entlangläuft, vermeidet sie es, mich anzusehen. »Wow«, sage ich. »Deine Schwester ist immer noch nicht gut auf mich zu sprechen, oder?« Can versenkt mehrere Zuckerstücke in seiner zweiten Tasse Tee. »Ach was. Sie hat sich doch sogar bei dir gemeldet, oder nicht? Ganz egal bist du ihr nicht.« »Na, dann ist ja alles gut.« »Ach Nico, das wird schon wieder. Eins nach dem anderen. Und Aylin hat dich doch auch aus dem Bermuda gerettet?« »Ja, weil du Vogel nicht erreichbar warst.« Can macht große Augen. »Na, ich kann auch nicht alles machen, oder? Ich hatte an dem Abend eigene … Verpflichtungen.« Die kann ich mir lebhaft vorstellen. »Aber sag mal, mit der Claudia hat das an dem Abend nichts mehr gegeben?« Ich winke ab. »Nur die Erkenntnis, dass ich keinen Bock auf Tinder habe.« Can nimmt einen Schluck Tee, dann legt er seine Augenbrauen in Falten. »Erzähl ich dir alles wann anders, ja?« »Na gut. Sollen wir dann gleich auch mal los?« Nachdem wir gezahlt haben, gehen wir gemeinsam am Bergbaumuseum vorbei zu uns nach Hause. Im Kleingarten raucht es aus einigen der Lauben. Scheinbar bewohnen jetzt mehrere kleine Schamanen ihre Hütten. Gerade kann ich das nicht näher anschauen. Ich muss den Wahnsinn dosiert auf mich wirken lassen, schließlich scheint sich das ganze Chaos möglicherweise noch etwas länger hinzuziehen. Wir laufen an weihnachtlich dekorierten Fenstern vorbei; seit ich mich nach Willingen verabschiedet habe, hat die Speckschweiz nachgelegt. Es ist nun auch keine Woche mehr bis Weihnachten. Ob fröhlich oder von Frust geprägt? Bleibt abzuwarten. Aber für die Jankowskis sieht's gerade nicht allzu berauschend aus. Can verabschiedet sich – »Wird schon alles, Dickerchen« –, dann stehe ich wie Anfang Dezember alleine vor der Haustür. Ich krame meinen Schlüssel hervor, passt. Ob ich will oder nicht. Das hier ist mein Zuhause. Und das sind meine Probleme. Auch wenn Wegducken bisher einfacher war.

19.12. 17:33

Zu den Sternen

Unsere Jacken unterm Arm warte ich vor der Garderobe des Planetariums auf meine Mutter. *Zu den Sternen*, so heißt die Astroshow, zu der ich sie heute eingeladen habe. Als Entschuldigung für meine Flucht zu Philipp, ohne groß Bescheid zu geben, und damit sie mal auf andere Gedanken kommt. Die letzten Tage und alles, was währenddessen mit unserer Familie passiert ist, haben sie sichtlich mitgenommen. Den ganzen Tag war meine Mutter ziemlich fahrig, hat vergessen, was sie machen wollte, wo sie ihre Schlüssel abgelegt hat. Ich denke nicht, dass sie die letzte Stunde mit den Gedanken bei der Show war, aber zumindest war es ein Versuch.

Ich sehe mich um, welche anderen Gäste noch im Planetarium waren und jetzt in einer Schlange an der Garderobe stehen. Die meisten sind Pärchen. Die haben auch direkt zueinander gefunden, um lauthals zu seufzen und zu schwärmen, sobald der große Vorführungsraum abgedunkelt wurde, um die Weiten der Galaxien in hochaufgelösten Bildern zu bestaunen. *Die überwältigende Schönheit des Sternenhimmels nachempfinden.* Das war wirklich zu viel »Ahhh« und »Wie romantisch!«, einfach nervig! Und ich meine das gar nicht prüde oder weil ich zufällig Single bin. Aber ich zum Beispiel wollte heute mehr über … Astronomie lernen. Oder Astrologie? Vielleicht ist das Zeiss-Planetarium für erste Dates im Ruhrgebiet auch so eine sichere Bank, dass es keine große Überraschung ist, wie viele Pärchen heute da waren. Macht ja auch Sinn. Man muss nicht zu viel reden, und sobald es dunkel ist, kann man sogar in einem der großen Sessel rumlümmeln und es sich bequem machen. In einer Bar hat man es da schon schwerer, unbeobachtet die Plauze raushängen zu lassen. »Wollen wir los?«, fragt mich meine Mutter, die von den Toiletten zurückgekommen ist. Ich stimme zu und übergebe ihr ihren Mantel.

Ich musste ziemlich viel Überzeugungsarbeit leisten, dass sich meine Mutter heute diese kurze Zeit gönnt, in der sie sich nicht in Alarmbereitschaft wegen meines Vaters befindet. »Und, wie war's?«, frage ich, und als sie antwortet, hängt sie schon wieder an ihrem Handy. »Ja, war doch schön. Schöne Idee, Nico.« Vorbei an der Synagoge laufen wir langsam auf den Stadtpark zu, hinter dem das Bergbaumuseum und der Kleingarten und auch unser Haus liegen. »Du Mama, kannst du bitte ganz kurz zuhören?« »Hmm. Auch schön.« »Mama!« »Was denn?« »Pack doch bitte kurz das Handy weg.« Sie steckt das Handy in ihre Manteltasche. »Ja, Nico, also. Was ist los? Was willst du sagen?«

»Ja, also. Ich war ja jetzt ein paar Tage weg.« Blöder Gesprächseinstieg. Hoffentlich ist ihr das aufgefallen. »Das habe sogar ich mitgekriegt«, entgegnet mir meine Mutter. »Ja. Und dieser Brief an dich … Also das war einfach nicht okay so. Ich wollte so schnell wie möglich weg und habe dich vor vollendete Tatsachen gestellt. Du hast dir das ja auch nicht ausgesucht, mit Papa, meine ich.« Nachdenklich schaut meine Mutter in den dunklen Park, an dem wir vorbeilaufen. »Es tut mir leid, dass ich dich da alleine gelassen habe, Mama.« Meine Mutter ist eine zeitlang still, dann sagt sie: »Find ich gut, dass du das erkennst. Ich hatte mich gar nicht mehr getraut, mich bei dir zu melden, als du weggefahren bist. Ich konnte zum Glück mit Defne und Ferhat reden. Deine Oma ist zwar noch da, aber die ist ja nicht immer, naja, ganz einfach.«

Seit ich zurück bin, hat meine Oma noch weniger mit mir gesprochen, aber für Stunden am Laptop meiner Mutter gehangen. Wahrscheinlich hat sie jetzt auch vom Revierschamanen gelesen. »Hat sie mitbekommen, was Papa in der Laube macht? Sie war jetzt so viel am PC …« »Ja, aber nicht nur zur Recherche. Deine Oma hat einen der Beiträge von Werner gesehen. Wo er predigt, wie toll das Leben im Kleingarten ist. Und wie befreiend, so ganz ohne Besitztümer, die einen einengen.« »Und dann?« »Naja, sie nimmt ihn sozusagen beim Wort. Seit gestern verkauft Magda die Sachen vom Werner auf eBay.« Sie macht was? »Ernsthaft?«, frage ich, und meine Mutter lächelt. Zumindest ein wenig. »Ja. Das findet sie nur konsequent. Einiges aus dem Bestand deines Vaters ist auch tatsächlich schon weggegangen. Als Weihnachtsgeschenke, nehme ich an.« Mit dem *Bestand* meint sie diverse Gegenstände aus alten Museumsausstellungen, an denen mein Vater als Handwerker mitgearbeitet hat. Wenn da mal aussortiert wird, dürfte Oma Magda den einen oder anderen Euro machen. »Gar nicht dumm«, sage ich. »Gute Frustbewältigung«, erwidert meine Mutter. Sie erzählt, dass sie sich verboten hat, nach dem Rechten zu sehen, und dass sie es tatsächlich geschafft hat, nicht in den Kleingarten zu gehen seit dem Abend, als sie meinen Vater vermisst geglaubt hatte. Eine ruhige Minute hat sie natürlich dennoch nie. Sie hakt sich bei mir unter. Ich bemerke, wie meine Mutter nach ihrem Handy tastet, um Neuigkeiten einzusehen. Dann lässt sie das, und ich weiß genau, wie schwer ihr das fällt. Und je weiter wir uns unserem Viertel nähern, desto mehr merke ich, was hier in den nächsten Tagen wichtig ist. Klar, dass mein Vater zur Vernunft kommt, wäre zu wünschen. Aber dass meine Mutter das nicht alleine aushalten muss, diese Sorgen und Zweifel um ihn, darum geht es. Ich lege meinen Arm um sie, und wir gehen zusammen durch die Dunkelheit nach Hause.

20.12. 19:38

Der Enthüllungsbericht

Meine Mutter und ich sitzen am Esstisch, der mit Schokolade, Zucker, Mehl und Butter vollgestellt ist. Im Akkord packe ich Plätzchen ab, die meine Oma seit heute Mittag gebacken hat. Beziehungsweise mich hat backen lassen. Weil sie den Laptop meiner Mutter zu jeder Zeit im Griff haben möchte, darf sie keine fettigen Finger haben. Das leuchtet natürlich ein.

Die Auktionen auf die eingestellten Artikel meiner Oma oder besser meines Vaters laufen auf Hochtouren. Und meine Oma scheint daran ein ähnlich großes Interesse zu haben wie an den Neuigkeiten zu ihrem eigenen Sohn, der in einer Kleingartenparzelle ein neues Leben anzufangen versucht. Bis gerade zumindest. Ich binde Schleifen um das letzte der Kekspäckchen. Bärentatzen. Mandelkekse mit Kakao und extra viel Zartbitterschokolade.

Seit einigen Minuten ist Oma Magda deutlich unruhiger, nicht mal die eBay-Verkäufe werden aktualisiert. Um 19:30 Uhr hat im WDR die *Lokalzeit* begonnen, wie jeden Abend. Das Besondere: Heute soll der Revierschamane Thema sein! Die Kommentare dazu reißen seit Stunden nicht ab, und jetzt dürfte es endlich soweit sein. Werner Jankowski, der Mann in der Laube, zusammen mit seinen neuen Gefährten im deutschen Fernsehen. Das kann ja heiter werden.

»Jetz mach ma lauter!«, beschwert sich meine Oma, nachdem der erste Beitrag der Sendung abmoderiert wurde. Ob jetzt mein Vater gezeigt wird? Die Moderatorin gibt sich journalistisch-distanziert, als sie ihre Wertung zum letzten Beitrag aufsagt »... Der fliegende Weihnachtsmann von Bochums Kortum-Karree: Das ist wirklich jedes Jahr eine unglaubliche Show, die ohne Spannung gar nicht machbar wäre.« Vierteldrehung zu Kamera 2. »Reichlich spannend geht es bei uns auch direkt weiter ...« Wow. Bei der Überleitung merkt man auch, dass die Dame mental schon in ihre Winterferien abgedampft ist. »Wir bleiben in Bochum: Hier tut sich schon seit Ende November so einiges – und zwar ausgerechnet in einer der vielen Kleingartenkolonien der Stadt. Auch wenn wir ja gerade wirklich nicht in der Gartensaison sind, hat sich der Bochumer Senior Werner Jankowski entschieden, seine Laube im Schmechtingswiesental als permanenten Wohnsitz zu nutzen. Erlaubt ist das nicht. Eigentlich. Denn wie es jetzt aussieht, hat Herr Jankowski mit der Aktion Zuspruch vonseiten des Vereinsvorstands erhalten. Als selbst ernannter Schamane, der im Kleingarten praktizieren will, bekommt er auch im Netz sehr viel Aufmerksamkeit. Und die ist nicht nur positiv. Was es damit genau auf sich hat? Hier ist die ganze Geschichte ...«

Es folgt ein Beitrag mit Bildern, die zumindest mir gar nicht so fremd sind, leider: Mein Vater, in Gefolgschaft von Schmugge und Freimut, erläutert die Vorteile eines naturnahen Lebensstils. Es gibt Montagen, in denen Meditationskreise der Männer abgefilmt werden, und natürlich kommen auch deren Krafttiere zur Sprache. Alles ziemlich abgedreht, aber auch nichts Neues, wenn man dem Mann in der Laube schon seit einiger Zeit folgt. »Also, dein Vater is so ein Schwachmat, hömma!«, kommentiert Oma Magda das Gesehene gewohnt schroff. »Aber dafür hat er einen Traumfänger«, antworte ich abwesend, meine Oma winkt nur entschieden ab.

Jetzt werden einige Kommentare aus den sozialen Netzwerken eingeblendet. Auch hier: nicht viel Neues. Vorwürfe des Betrugs, einige Schmähungen und Feststellungen, dass mein Vater und die beiden anderen Männer an Realitätsverlust leiden dürften, wenn sie ihre Aussagen tatsächlich ernst nehmen. Dann jedoch wird es spannend. Vor einer der Parzellen wird eine neue Interviewpartnerin angesprochen. In einfacher Kleidung und ganz ohne Make-up sieht sie anders aus als noch vor wenigen Tagen. Trotzdem erkenne ich schnell: Das ist Jenny, die da im Kleingarten spricht! Ein glatzköpfiger Reporter mit Lederjacke, Typ zu kurz geratener Türsteher, fragt sie nach ihrer Meinung zum Spektakel in der Anlage. Und Jenny legt los.

»Also, ich war zunächst mal skeptisch, was hier im Verein passiert. Unsere Familie hat hier eine Laube, schon länger als es mich gibt. Und mein Vater hat mir dann erzählt, was der Werner so alles vorhat. Da war ich direkt neugierig.« Auf die Bitte hin, genauer zu werden, verliert sich Jenny in halbgaren Ausführungen, die man so auch von meinem Vater schon kennt, Aufgabe von Luxus, Hinwendung zum einfachen Leben, ressourcenschonend, es sei denn, es geht um Räucherstäbchen. Interessant wird es jedoch bei der nächsten Frage des Reporters für Jennifer-Celine S., laut Bauchbinde *Studentin und Schamanenschülerin:* »Sie haben schon erwähnt, dass Sie sich sozusagen bei Herrn Jankowski ausbilden lassen. Wie bezahlen Sie denn dafür?« »Also, es gibt bei Werner keine Kursgebühren oder sowas. Aber es ist ja ganz klar, was er den Leuten vermitteln will: Wir brauchen die meisten Dinge nicht, die wir besitzen. Die meisten Dinge besitzen uns mehr als andersrum.« Jenny macht eine dramatische Pause, nachdem sie diese hübsche Weisheit gedropped hat. Classic Jenny. Der Reporter lässt nicht locker: »Das heißt konkret? Sie entledigen sich Ihrer Konsumgüter?« »Also ganz konkret vertraue ich da dem Werner. Der verwaltet sozusagen meine ganzen Besitztümer, die mich an die dingliche Welt binden. Computer, Uhren, andere Luxusartikel. Das wird alles für mich in der Laube aufbewahrt.« »Und Herr Jankowski macht dann was damit?« Jenny plappert brav weiter: »Das hängt von Werners Eingebungen ab, ob er etwas spendet, verkauft, das Geld dann weiter anlegt. Er übernimmt für seine Schüler diese Last. Sich mit diesen toten Gegenständen zu beschäftigen.« Der Reporter ist sichtlich angetan von dem bräsigen O-Ton-Material, das Jenny abgeliefert hat. Er spielt in der Abmoderation einen besorgten Journalisten, dann folgt ein Schnitt zu Vera Schnallenbeißer. Ausgerechnet!

»Dat kann ja nur noch besser werden mit der Ollen!«, gibt meine Oma zu verstehen. Ich widerspreche nicht. Vera Schnallenbeißer kommentiert, dass sie das Charisma von Werner Jankowski zunächst ebenfalls einnehmend fand, irgendwann aber vom weiteren Zusammenarbeiten absehen musste. Die Motive des »Revierschamanen« seien einfach schleierhaft. Was für eine dämliche Ziege.

Der Bericht kann nicht mehr lange gehen, doch dann gibt es tatsächlich noch eine weitere Einstellung. Die Kamera nähert sich der blau-weiß gestrichenen Laube unserer Familie, bei der eines der Batiktücher das Fenster nur zur Hälfte verdeckt. Zu sehen sind Dutzende Kisten. Von Laptops, Beamern, Flatscreens. Was zur Hölle ist da los?

Die Reporterstimme legt mit ernstem Ton dar, wie viele leichtgläubige Menschen schon auf den Revierschamanen reingefallen sein müssen, so wie Jenny, wenn sich die Luxusartikel in Herrn Jankowskis Laube bereits stapeln. Es folgt ein Kameraschwenk über die gesamte Anlage, dann wird zurück ins Studio geschaltet. Die Moderatorin führt nun ein Interview mit einem Religionswissenschaftler der Uni Bochum. Es geht um Sekten und deren wirtschaftlichen Aufbau. Ich schalte den Fernseher ab. Fassungslos sitzen wir da. Keiner von uns sagt was. Und ich hatte schon gedacht, es könnte nicht schlimmer werden.

21.12. 21:12

Das Nachbeben

Keine zehn Minuten war ich heute vor der Tür. Und das nur, um mit dem Karlchen rauszugehen. Das allein war schon eine Herausforderung. Weil einige Reporter unsere Anschrift herausgefunden haben, wird vor unserem Haus campiert. Can hat mir geschrieben, dass es im Kleingarten wohl nicht anders aussieht. Jeder will wissen, was es mit dieser Betrugsmasche des Revierschamanen auf sich hat.

Will ich das wissen? Ich bin mir nicht sicher. Mich hat das gestern so geschockt, dass mein Vater offenbar genauso wenig vertrauenswürdig ist, wie die größten Skeptiker seit Tagen schreiben. Und was haben der Schmugge und der kleine Freimut damit zu tun? Folgen die meinem Vater genauso wie die anderen Männer des Vorstands? Und folgen sie nur oder haben sie auch konkret was davon? Ich bin nicht der Einzige, der sich mit dem Revierschamanen beschäftigt. Das Netz ist völlig wild geworden. So heftig waren die Anfeindungen gegen meinen Vater den ganzen Dezember über noch nicht.

Ich stehe von meinem Bett auf. Der plattgedrückte Burriquito dürfte es mir danken.

Ich fülle mir Bärentatzen, die bisher unverpackten, in eine Müslischale und nehme mir ein Bier aus dem Kühlschrank, dann gehe ich zurück in mein Zimmer. Bevor ich mich wieder aufs Bett fallen lasse, stelle ich den CD-Player an. Ich puste die Bravo-Hits von Staub frei und lege sie ein. Auf gut Glück starte ich ein Lied, Nelly Furtado. Die war cool. Und süß. »Turn off the lights.« Recht hat sie.

Ich schiebe mir einige Plätzchen rein, das Bier passt nicht dazu. Egal. Ich habe die Schamanensache für ein paar Stunden verdrängt, weil ich die Decke über den Kopf gezogen habe. Noch ein Schluck, dann stelle ich Bier und Plätzchen auf den Boden. Trau dich, Nico. Es wird ohnehin nicht besser. Also gebe ich den Hashtag Revierschamane ein, auch heute ist der sehr populär.

Mittlerweile erkenne ich die Kommentatoren sogar schon an ihren Namen. Benny_Krutsche schreibt heute: *Als #BochumerJunge ist das für mich besonders bitter, was in meiner Stadt gerade abgeht. Wenn jemand die Gutgläubigkeit von unschuldigen Menschen ausnutzt, damit er deren Besitz verscherbeln kann, dann habe ich nur Wut im Bauch. #Revierschamane.*

Und natürlich muss Vera Schnallenbeißer noch mal einen draufsetzen, um sich aus der Affäre zu ziehen: *Mittlerweile bin ich absolut fassungslos, einmal in Betracht gezogen zu haben, mit Werner Jankowski gemeinsame Sache zu machen. Das war auf Geschäftsebene fatal, und viel wichtiger: Mir fehlt da die Menschlichkeit. Und das so kurz vor #Weihnachten #Revierschamane.*

Mittlerweile gibt es auch Stimmen im Netz, die aus dem Verein kommen. Sie sind nicht weniger schlecht auf meinen Vater zu sprechen. Bei Twitter finde ich einen Kommentar, der mittlerweile an die hundert Likes erhalten hat. Paderfred: *Also meine Freundin und ich sind vor gut einem Jahr aus Ostwestfalen in den Pott gezogen. Auf die Gemeinschaft im Kleingarten haben wir uns richtig gefreut. Als wir eine Parzelle im Schmechtingswiesental erstanden haben, hätten wir nie damit gerechnet, dass dort Kriminel-*

le verkehren. Vertrag wird so schnell wie möglich gekündigt! Und das kann ich nur allen anderen empfehlen. #Bochum #Revierschamane

Ich scrolle mich weiter durch die Kommentare, und tatsächlich ist einer hässlicher als der andere. Die Leute urteilen schnell. Einige beleidigen sogar meinen Vater. Ich finde einige Bilder von Menschen, die vor der Laube auf- und ablaufen. Sie fordern den Rauswurf meines Vaters und dass der ganze Vorstand ausgetauscht wird. Dazu gesellen sich Schaulustige. Ich glaube, Beutel-Dennis in der Menge zu erkennen. Miese Ratte. Die Stimmung ist aufgeheizt. Dass die keine Mistgabeln schwingen, ist auch alles.

Es sind nur noch drei Tage bis Weihnachten, und so düster sah es die ganze Zeit nicht aus. Und dann wird Nelly Furtado auch noch abgelöst von der Band ohne Namen.

22.12. 02:19

Verhängnisvolle Bärentatzen

»Nico, wach auf!« Meine Mutter ruckelt an meiner Schulter, bis ich verdutzt die Augen öffne. »Was denn? Was ist los?« »Zieh dich an, schnell!« »Ist was mit Papa?« »Schlimmer!« »Was?« »Der Hund ist krank.« Okay, das könnte in einer anderen Situation lustig sein, aber bevor ich darüber weiter nachdenken kann, bugsiert mich meine Mutter bereits ins Wohnzimmer, während ich mir eine Jogginghose anziehe. Und tatsächlich: Auf seinem Rücken mit von sich gestreckten Pfoten und einem leidenden Gesichtsausdruck liegt das Karlchen inmitten des Raums. Es röchelt, und dann wiegt sich der kleine Hund hin und her, um auf die Seite zu fallen. Er erbricht sich. Meine besorgte Mutter läuft auf das Tier zu, dessen große Augen noch glasiger sind als sonst. Dann riecht sie und sieht mich erschrocken an.

»Schokolade!« Oh nein! »Bärentatzen!«, rufe ich wie im Affekt. Ich renne zurück in mein Zimmer, die Schale an meinem Bett ist komplett leergefuttert. Wenn so ein kleiner Hund mehrere Hände voller Schokoladenkekse gefressen hat, kann er davon sterben. Zurück im Wohnzimmer liegt das arme Karlchen nun auf der Seite. Meine Mutter hat unsere Kiste mit Notfallmedizin hervorgeholt. Ich helfe ihr und wühle mich durch Pflaster und Hustensaft. Dann frage ich: »Was suchen wir denn?« Meine Mutter sieht nicht von der Kiste auf. »Kohletabletten. Das hilft gegen Vergiftung.« Mist. Ich weiß sofort, dass wir hier nicht fündig werden. »Mama, das haben wir mal bei Papa in der Laube abgegeben. Weißt du noch?« Sie schlägt mit der flachen Hand auf den Boden. »Verdammt, ja! Warte. Wir gehen gleich los.« Meine Mutter rafft schnell unsere Jacken zusammen, ihre Schlüssel, dann gibt sie mir ein Handtuch, um das Karlchen einzuwickeln. In weniger als einer Minute stehen wir im Treppenhaus, um Richtung Kleingarten zu laufen.

Als uns mein Vater bei uns reinlässt, sieht er so zerzaust aus, wie ich ihn noch nie gesehen habe. Und das will was heißen. Durch den Tonfall meiner Mutter, die die Anweisungen nur so abfeuert, kommen wir dennoch schnell ans Ziel. »Ich weiß, dass ihr mir so eine Tüte vorbeigebracht hattet«, wundert sich mein Vater. Er bringt sie. »Und vielleicht sind da ja die …« Ohne den verschlafenen Mann zu Ende reden zu lassen, schnappt sich meine Mutter die Medikamente und findet die Kohletabletten. Während ich das in ein Handtuch eingerollte Karlchen festhalte, zwängt meine Mutter ihm mehrere Tabletten die Speiseröhre herunter. Wir beruhigen ihn einige Minuten und, ein Glück, das Karlchen erbricht die Tabletten nicht. »Und jetzt?«, frage ich. »Abwarten«, antwortet meine Mutter. »Wenn er die Nacht übersteht, hat er vermutlich morgen kein Gift mehr im Körper.« Ich drücke das kleine Tier an meinen Oberkörper, während ich sanft seinen Bauch massiere. Ich gehe langsam durch den Raum wie mit einem Baby. »Ja, und sonst so?«, fragt mein Vater. Meine Mutter schließt nur die Augen, um sie nicht sichtbar zu verdrehen. »Also, was man ja sagen muss, solche Giftstoffe, die kann man ja bei Lebewesen, Hunden wie Menschen, auch mit alternativer Medizin …«

»Werner, hier wird heut nicht mehr getrommelt.« Mein Vater zuckt mit den Achseln. »Wie ihr meint.«

Ich will mich hinsetzen, aber überall stehen Verpackungen irgendwelcher technischer Geräte herum. Das Karlchen wirkt relativ entspannt, das ist ein gutes Zeichen, denke ich. »Sag mal, Papa, hier ist ja sehr viel los in letzter Zeit. Noch mehr als eh schon. Wie findest du das?« Meine Mutter dreht sich um, weil sie auch gespannt ist, was mein Vater sagen wird. »Ach, Junge. Da sind einige Schwingungen unterwegs. Aber so ist das mit Revolutionen. Da gibt es jede Menge Gegenwind, bis sich auch bei der breiten Masse etwas geändert hat. Also grundsätzlich sag ich mal …« Ich sehe meine Mutter verächtlich das Wort »Revolution« mit dem Mund formen. »Du bleibst also hier?« Keiner sagt etwas. »Naja«, meint mein Vater. »Ich habe hier ehrlich gesagt noch ein bisschen was vor. Da kann ich jetzt nicht mit meiner Reise aufhören, das musste auch verstehen, Nico.«

Ich bin zu erschöpft zum Diskutieren. Meine Mutter auch. Zur Sicherheit steckt sie die restlichen Kohletabletten ein. »Aber könnt ihr mir morgen verraten, ob es der Kleine geschafft hat?« »Nein«, entgegnet meine Mutter bestimmt. »Dafür musst du schon zu uns. Ansonsten bist du hier an Weihnachten wahrscheinlich auch? Mit Schmugge und Freimut ein paar Sprossen mümmeln?« »Silke … Das klären wir mal besser nicht heute Nacht.« Sie winkt nur ab und deutet mir an, dass wir gehen. Auf dem Weg nach Hause streife ich mit meiner Jacke eine der Kisten, die die Leute angeblich bei meinem Vater lassen, der dann deren Verbleib verwaltet. Gleich hüpfen mehrere Kisten zu Boden. Meine Mutter bückt sich, um eine davon aufzuheben. Die ist so leicht, dass sie die locker hochwerfen kann. Auch die anderen Pakete haben scheinbar gar keinen Inhalt. Sie dreht sich zu ihrem Ex-Mann um, der nur große Augen macht. »Tja. Manchmal sind die Dinge anders, als man annimmt.« Er zwinkert mir zu, dann streichelt er das kleine Köpfchen des Karlchens. »Kommt erst mal gut nach Hause. Und du, Karlchen, halt die Ohren steif.«

Wir gehen möglichst leise heim. Zu Hause mache ich noch bis etwa sieben Wachdienst für das Karlchen. Als der schon wieder ganz unauffällig durch die Wohnung läuft, mache ich mir weniger Sorgen. Zumindest um den Hund. Was sonst noch in zwei Tagen bis Heiligabend passieren kann? Na, alles! Und langsam schockt mich nichts mehr.

23.12. 11:53

Alles anders als gedacht?

Wir wissen seit gut zwei Stunden, dass mein Vater gleich »live gehen« wird. Das haben die Revierschamanen schon heute früh um acht angekündigt. Gemeinsam mit meiner Mutter und Oma Magda sitzen wir in der Küche.

Das Karlchen, wieder fit, aber immer noch angeschlagen, wird besonders beobachtet. Sicherheitshalber wurde alles an kakaohaltigen Lebensmitteln weggepackt, um es später zu verschenken. Aber der kleine Hund wirkt nicht so, als sei er daran interessiert, sich noch mal den Magen zu verderben. Es ist kurz vor zwölf, und gebannt hocken wir vor dem Smartphone-Bildschirm meiner Mutter.

Und dann geht die Show los: Die Handykamera, die gerade mit dem Kanal *Werners_Weg* verbunden ist, wackelt durch die Anlage der Schmechtingswiesen. So weit, so wenig verwunderlich. Dann nähert sich die Kamera einer kleinen Menschenanhäufung in Bademänteln. Die Kapuzen sind tief in die Gesichter gezogen. Scheinbar filmt nicht mein Vater, denn er gehört zu den drei geheimnisvollen Männern im Gang der Anlage. Schmugge und Freimut nehmen ebenfalls die Kapuzen herunter. Keiner verzieht eine Miene, der kleine Herr Freimut schaut schuldbewusst zu Boden. Das Ganze hat ein bisschen was von Liveübertragung einer öffentlichen Entschuldigung, wie das in den USA üblich ist. Die Bademäntel geben dazu merkwürdige Swingervibes ab. Mittlerweile bin ich zu abgehärtet, um mich zu wundern.

Herr Schmugge tritt näher an die Kamera heran, dann beginnt er seine Ansprache: »Liebe Menschen, hier in unserer geliebten Gartenanlage und auch zu Hause an den Bildschirmen. Im Namen des Vereinsvorstandes möchte ich mich für die Aufmerksamkeit bedanken. Tatsächlich hat unser Verein ja nicht nur heute für Furore gesorgt, nein, seit mehreren Wochen sind wir nun Gesprächsthema. Und das über die Stadtgrenzen von Bochum hinaus. Ich möchte gerne die Möglichkeit nutzen, um an die Maximen unseres traditionsreichen Vereins zu erinnern.« Aus der Brusttasche seines Mantels zückt Herr Schmugge eine gelbe Satzung. Offenbar hat er die immer dabei. Klar.

»Die Satzung handelt nämlich neben Administrativem wie Bestimmungen zum Gemüseanbau auch etwas noch Wichtigeres ab.« Was könnte das sein? Mir fällt nichts ein. »Und damit meine ich die Bestimmungen zum Miteinander von Vereinsmitgliedern. Wir sind hier eine Gemeinschaft. Das waren wir schon zu Gründungszeiten. Damals waren die Schrebergärten wichtig, zur Versorgung der Leute im Ruhrgebiet. Aber auch zum Aufrechterhalten der Moral. Geselligkeit, ein gesundes Miteinander sind nicht nur die Basis unseres Vereinslebens, sie sind auch die Basis einer jeden demokratischen Gesellschaftsordnung.« Okay, weit ausgeholt, aber gut. »Was seit einigen Wochen mit unserem Vereinsmitglied Werner passiert ist, das beschämt uns als Verein, da es mit diesen Maximen nicht vereinbar war. Werner Jankowski, schon in zweiter Generation ein Teil dieser Gartengemeinde, wurde für seine Art zu leben verspottet und der Lächerlichkeit preisgegeben.« Die Kamera fährt über die ernsten Gesichter, unter anderem das meines Vaters. »Und das ist kein Verhalten, für das wir stehen möchten. War es vielleicht nicht ordnungsgemäß, die Laube zu beziehen, ohne den Vorstand zu informieren, so ist das dennoch kein Grund, dass es auch im Internet derartige Beschimpfungen und Verunglimpfungen gibt. Nachdem das überhandgenommen hat, haben wir uns von Vorstandsseite aus mit Werner Jankowski kurzgeschlossen. Ihn unterstützt. Weil wir Teil einer Gemeinschaft sind.« Mahnend wird die Satzung in die Kamera gehalten. »Und wir können Ihnen versichern: Niemals hat es die Absicht gegeben, sich an anderen Menschen zu bereichern. Herr Jankowski hat nie irgendwelche Besitztümer an sich genommen, die nicht seine waren. Wer sich mit ihm austauschen will zu seinen Lebensvorstellungen, der ist dazu eingeladen. Sie müssen keine Sorge haben, in unserem Verein betrogen oder gar beklaut zu werden. Bitte denken Sie nicht weiter über Vertragskündigungen Ihrer Parzellen. Sprechen Sie uns einfach an. Für alles finden wir eine Lösung. Wir sind Bochumer. Wir haben schon ganz anderes überstanden. In diesem Sinne wünschen wir vom Kleingartenverein Schmechtingswiesental Glück auf und frohe Weihnachten! Ist ja nicht mehr lange hin.« Ohne zu lächeln, hebt Herr Schmugge seine Hand zum Gruß und macht dann eine abschneidende Geste, damit das Video beendet wird.

Stattdessen erfährt der Zuschauer noch, wer gefilmt hat, denn die Kamera wird in den Selfie-Modus umgestellt. Jenny. Natürlich. Die braucht noch ihren Auftritt: »Und bevor wir das ganz vergessen, heute um 18 Uhr gibt es noch einen kleinen Umtrunk mit Glühwein und Currywurst im Vereinsheim. Und mit ganz viel Glück werde ich sogar performen. Man sieht sich! Küsschen!« Ein aufgeregtes Grinsen, dann wird das Video abrupt beendet.

Wir sitzen wortlos in der Wohnung. Was war das bitte? Die Erste, die sich fängt, ist meine Oma: »Also ne! Erst kackt der Hund fast ab, und jetzt das!« »Hättest du das gedacht?«, frage ich meine Mutter. »Nein«, sagt sie kopfschüttelnd. »Aber das war doch mal ausnahmsweise eine gute Überraschung. Oder?«

Nach der Liveübertragung brauche ich einige Minuten, um das alles zusammenzukriegen. Die drei *Schamanen* haben sich also nur so durchgeknallt gegeben, um aufzuzeigen, wie schnell die Leute urteilen? Und weder Jenny noch sonst jemand wurde um seinen Besitz gebracht. Ich frage mich nur, ob mein Vater jetzt eventuell zugänglicher ist oder weiter sein Leben in der Laube führen möchte. Jetzt dürfte er ja mit weniger Gegenwind zu rechnen haben. Dass der uns auch nicht eingeweiht hat, typisch! Schon wieder so eine Geheimniskrämerei. Was soll's, ich bin zu neugierig, um mir diese Party heute Abend nicht zu geben.

Die Zeit bis dahin verbringen wir, wie viele andere Familien kurz vor den Weihnachtsfeiertagen: Mit dem Dekorieren des Baums. Durch die Nachricht heute früh ist die Stimmung natürlich besser, aber man ist unschlüssig, ob der ganzen Sache zu trauen ist. Gewohnt skeptisch hat meine Oma schon klargemacht, dass sie heute nicht mehr in den Kleingarten gehen wird, egal was für ein *Bohai* da stattfindet. Ist auch eine Haltung. Gerade sitzt sie auf ihrem Rollator und hängt silberne Tannenbaumkugeln ins untere Stockwerk des Plastikbaums, meine Mutter kümmert sich im Stehen um die Deko für den mittleren Bereich und von einer Leiter aus befestige ich einen großen Strohstern an die Baumkrone. Seit eine defekte Lichterkette für einen Stromausfall gesorgt hat, das muss noch in den 90ern gewesen sein, als mein Opa noch lebte, wird bei uns auf Tannenbaumbeleuchtung verzichtet. Es werden lediglich weiße Kerzen auf einigen Zweigen fixiert, die allerdings auch nie angezündet werden. Als meine Mutter sie aus der Deko-Kiste hervorholt, muss sie die zunächst von Staub befreien. Sie pustet und bemüht dann ein Taschentuch. Und lächelt. Dass mein Vater ordentlich einen an der Waffel hat, aber höchstwahrscheinlich keine schlechten Absichten hatte, das dürfte ihr einiges bedeuten; und hoffentlich die Anspannung der letzten Tage nehmen.

Am Abend gehen wir zu zweit in den Kleingarten. Es ist schon lange dunkel, und Hund und Oma sind zu Hause geblieben. Meine Mutter schaut sich nervös um, als wir uns der Anlage nähern. Schon am Eingang herrscht reges Treiben. Junge Familien mit kleinen Kindern, ältere Bochumer, die schon seit Jahrzehnten ihre Lauben hier haben, verschiedenste Menschen sind zusammengekommen. Aus Neugier und vielleicht auch, um sich nach den ganzen Anschuldigungen der letzten Tage versöhnlich zu zeigen. Mal sehen. Wir wagen uns weiter vor und gehen den Schotterweg hoch, vorbei an den ganzen Lauben, einige sind mit Lichterketten versehen, und laufen direkt auf das Vereinsgebäude zu. Schon von draußen vernehmen wir Popsongs, die aus der Musikanlage wummern. *Band Aid. Do they know it's Christmas?* Na sicher, denn drunter machen wir's nicht.

Bevor wir eintreten können, ruft uns eine bekannte Stimme zu sich. Ferhat, der Vater von Aylin und Can. Wir treffen die Celiks, Defne und Ferhat mit ihrer Tochter, vor deren Laube.

Aylin und ich umarmen uns. Wir reden erst mal nicht groß miteinander. Heute ist schon genug passiert. Can arbeitet gerade, aber natürlich hat er auch schon von den Neuigkeiten um meinen Vater gehört und geschrieben. Defne und Ferhat erkundigen sich nach meiner Oma und bestellen liebe Grüße. Unsere Eltern verquatschen sich, und ich biete an, für alle Getränke zu kaufen. Aylin kommt mit. Ein Friedensangebot?

Als wir endlich im Vereinsheim eintrudeln, schenken Schmugge und Freimut Glühwein aus. Currywurst soll wohl später geliefert werden. Und Jenny hat ein Mikrofon gefunden, um für alle zu singen. Heute wählt sie *Last Christmas.* Als sie mich erkennt, winkt sie aufgeregt, dann kommt schon der Refrain. Aylin muss lachen. »Wann heiratet ihr noch mal?« »Haha, lustig. Das ist lange vorbei.« »Naja, so lange doch auch nicht. *I will always love you* und so!« »Woher …?« »Du redest viel, wenn du betrunken bist, Nico.« »Oh Mann.« »Tja.« »Ich denke, ich muss erst mal was anderes für mich verarbeiten. Hab ich das auch betrunken rausgehauen?« »Katharina?«, fragt mich Aylin, und ich nicke, während wir uns in die Glühwein-Schlange einreihen. »Also um ehrlich zu sein …«, fängt sie an. »Ja?« »Wir haben, seit ich in Hamburg war, ab und an geschrieben. Katharina und ich. Das mit diesem Arvid ist vorbei. Der will zurück nach Dänemark, und es hat wohl eh nicht so gut gepasst.« Ich drehe mich blitzschnell zu ihr um. »Was? Ach Mensch! Das ist ja …« »Gib dir keine Mühe!«, sagt Aylin, dann klatscht sie Beifall, als Jennys Weihnachtsauftritt zum Ende gekommen ist. Also ganz vielleicht werden das doch noch ganz fröhliche Weihnachten. Manchmal wundert man sich, wie schnell sich Dinge ändern können.

»Naja. Ich habe so das Gefühl, dass ich nochmal mit Katharina reden sollte.« sage ich. Aylin schaut zur Bühne. »Und außerdem würde ich auch ganz gerne nochmal mit dir reden, also wenn das für dich passt.« Ohne mich anzusehen macht Aylin einige Schritte nach vorne «Hallo, fünf Glühwein bitte. Zwei davon ohne Alkohol.« Wir stehen direkt vor den großen, dampfenden Töpfen, aus denen Schmugge und Freimut Punsch und Glühwein schöpfen. »Aylin? Das wäre mir wichtig.« Sie nickt und zieht ihr Portemonnaie aus der Jackentasche. »Ist okay. Wir reden nochmal, bevor du nach Hamburg fährst.« »Danke.«, sage ich und reiche Herrn Schmugge einen 20-Euro-Schein, bevor Aylin zahlen kann. Als der mich erkennt, prüft er das Geld mit hochgezogener Augenbraue. Der wird mich wohl nie leiden können. Manche Dinge ändern sich eben doch nicht.

Ich verstaue das Wechselgeld, und Aylin und ich bewegen uns langsam mit vollen Tassen Richtung Ausgang. An der Eingangstür kommen wir an Jenny vorbei, die auf Zehenspitzen mit Rusty knutscht, wie auch immer der wohl tatsächlich heißen mag.

Bei unseren Eltern angekommen frage ich meine Mutter, ob sie meinen Vater schon entdeckt hat. »Bisher nicht. Aber ich habe da eine Vermutung.«, meint sie, und wenig später verabschieden wir uns von den Celiks, wünschen schöne Feiertage. Vorbei an Grüppchen von Kleingärtnern und einigen Leuten, die ich hier noch nie gesehen habe, schieben wir uns in Richtung unserer Laube. Die Menschen bemerken uns kaum, alle sind in Gespräche vertieft, die Stimmung ist hier tatsächlich friedlich. Fehlt nur noch einer. Am kleinen Zaun vorbei bewegen wir uns leise zur Tür der Laube. Ich gehe voraus. Alles ist dunkel. Klopfen. Nichts passiert. »Papa?« Wieder nichts. Ich drehe mich zu meiner Mutter um und deute ihr an, zurück auf den Weg zu gehen, bis… »Wer da?« Nicht das schon wieder! Bevor meine Mutter einen genervten Ton von sich geben kann, geht die Tür zur Laube auf.

Darin steht mein Vater, müde, Ruhe ausstrahlend, mit einer seiner Decken wie einen Mantel übergeworfen. » Na, wenn das nicht die liebe Familie ist. « Er gewährt uns Eintritt in die Laube, die nur durch ein Teelicht auf dem Boden nicht völlig in Dunkelheit versinkt. Bei zugezogener Tür hören wir die Leute draußen noch immer, aber eher wie eine murmelnde Menge in der Ferne. Suchend bewegen sich die Augen meines Vaters zwischen meiner Mutter und mir her. »Der Hund …?« »Ist zuhause bei Magda. Sind beide wohlauf.«, antwortet meine Mutter schroff. Mein Vater nickt zufrieden und setzt sich zurück auf eines der Sitzkissen inmitten des kleinen Raumes. Sein Blick ist auf das Kerzenlicht gerichtet, welches die Falten in seinem Gesicht tiefer aussehen lässt. Wie die Rinde eines alten Baums. »Zuhause …« flüstert er gedankenverloren. Meine Mutter und ich warten, dass mehr passiert. Fehlanzeige. Sie schaut mich scharf an.

»Em, ja, Papa. Mensch, das war ja vielleicht eine Überraschung, dieses Video. Die Rede von dem Herrn Schmugge.«

Mein Vater neigt seinen Kopf und zieht die dichten Augenbrauen in die Höhe. »Der kann gut reden, ja.« meine Mutter räuspert sich. Ich kann ihre Ungeduld spüren. »Du hättest uns ruhig mal einweihen können, Werner, dass die Leute hier zumindest nicht ausgenommen werden. Dann …« »Hätte, hätte …« sinniert mein Vater, ohne den Blick von dem Teelicht abzuwenden.

Ich merke schon, wir sind zwar drei Erwachsene, und ich muss trotzdem die Vermittlerrolle einnehmen. Ich hole zwei weitere Sitzkissen aus der einen Ecke rechts neben mir hervor und setze mich meinem Vater gegenüber. Widerwillig nimmt meine Mutter ebenfalls, wenn auch mit verschränkten Armen, Platz. Erster Schritt.

»Also, Papa« moderiere ich an »Du hast den Abend jetzt hier im Dunkeln verbracht und, naja, geschmo... eh geschwiegen?« Wie zum Beweis greift mein Vater hinter sich, um uns eine halb volle Glühweintasse zu präsentieren. »Nein, nein. Ich war schon heute Nachmittag zum Aufbauen drüben im Vereinsheim. Jetzt wollte ich nur gerade mal meine Ruhe von dem ganzen Trubel haben. Aber das war ganz nett, muss ich schon sagen. Da kamen die Gäste auch schnell, und um sechs gab es noch eine kleine Ansprache vom Vorstand. Und die Leute haben tatsächlich zugehört, das muss man schon sagen. Jetzt, wo quasi raus ist, dass *Werners_Weg* keine Betrugsmasche ist, da sind die auch freundlicher zu mir. Hier ging ja zwischendurch richtig die Post ab. Aber jetzt is schön.«

»Schön, ah, ja«, greift meine Mutter dazwischen. »Das heißt, du willst hier jetzt weiter wohnen, ist ja schließlich so schön, bis du irgendwann umfällst? Werner ...«»Lasst und doch alles nacheinander klären.«, sage ich. Die Stimmung nicht hochkochen zu lassen, erfordert alle Sozialkompetenz. Aber man wächst ja angeblich mit seinen Aufgaben. »Wie kam es denn überhaupt dazu, dass die beiden vom Vorstand hier gemeinsame Sache mit dir gemacht haben? Und ja sogar das Fernsehen reingelegt haben?«

»Also ...« holt mein Vater aus »Erstmal wollten mich der Schmugge und der Freimut hier ja raushaben. Nur das mit diesen ganzen Berichten im Netz, auch von der Vera Schnallenbeißer, das wurde ja so übel, dass die sich zusammengesetzt haben und wohl meinten: Komm, dem helfen wa. Ja, und so ging das dann los. Und das Video heute, das habt ihr ja auch gesehen, oder?«

»Allerdings. Und Papa, ich zum Beispiel war ja schon erleichtert, das zu sehen. Du machst hier ja dann doch nicht nur deine eigene Nummer. Aber, also, was die Mama ja gerade auch nochmal wissen wollte …« »Kommste jetzt nach Hause oder nicht?«, fragt meine Mutter abrupt dazwischen.

Mein Vater schaut die Tasse in seiner Hand lange an, dann stellt er sie neben sich auf den Boden. »Da ham wa natürlich auch drüber geredet, mit dem Vorstand, meine ich jetzt. Und, das war ja schon alles nicht ganz sauber von mir, seh ich auch ein. Keinem groß was zu sagen und hier inne Laube zu ziehen. Das war nicht in Ordnung und, Silke, du hast dir da ja wohl auch Sorgen gemacht.« Erstaunt lauscht meine Mutter der stückweiten Entschuldigung ihres in Wolle gehüllten Ex-Manns. »Und ich sach ma so», fährt er weiter fort »ich darf die Laube zumindest ab und an benutzen. Wenn das in Ordnung geht und ihr mich lasst, dann würde ich wohl auch nach Hause kommen.« Spricht's und breitet seine Arme aus, als sei er der zottelige Hauptgewinn in einer Game-Show. Ich muss tatsächlich anfangen zu lachen, weil diese Selbsteinschätzung mal wieder so treffsicher danebengegangen ist.

»Na, das klingt doch erst mal nach einer schönen Erkenntnis, würde ich sagen«, versuche ich das Gruppengespräch abzurunden wie die Supernanny höchstselbst. »Und ihr beiden habt dann sicher noch die Tage einiges zu klären.« Mein Vater stimmt zu. Gespannt schauen wir beide zu meiner Mutter rüber, die noch ihre Arme weiterhin vor der Brust verschränkt hält. Einige Sekunden später äußert die sich achselzuckend: »Ja, an mir soll's nicht liegen. Und ich freue mich auch, wenn der Werner da einiges verstanden hat. Wird ja auch Zeit, dass er nach Hause kommt.« Gut, herzlicher wird das heute wohl nicht mehr. Aber das ist okay. Wenig später verabschieden sich meine Mutter und ich vorerst. Mein Vater ist später noch mit dem Aufräumen der Weihnachtsfeier im Vereinsheim beschäftigt. Dass er danach in die Wohnung kommen will, hat er versprochen, und heute bin ich tatsächlich zuversichtlich.

Als wir an den anderen Leuten vorbeigehen, sind die Celiks nicht mehr da und die Gruppen vor den Lauben sind auch schon weniger geworden. Wir machen uns auf den Heimweg, und währenddessen denke ich noch, dass so kurz vor Heiligabend wirklich nicht alles perfekt ist, aber zumindest hoffnungsvoller als in den letzten Tagen.

Aber ›perfekt‹ würde auch nicht zu uns passen.

24.12. 15:00

Heiligabend

Mit dreizehn durfte ich zum ersten Mal vor der Bescherung am 24. rüber zu Aylin und Can. Solange ich bis zum Abendessen wieder zurück war, war das für meine Eltern in Ordnung. Heute ist das nicht anders. Einige Vorbereitungen für heute Abend laufen noch, aber das meiste ist geregelt.

Tatsächlich ist mein Vater heute spät in der Nacht noch aus dem Kleingarten in die Wohnung gekommen. Heute früh hat er noch auf der Couch im Wohnzimmer geschlafen. Seit die Jankowski-Frauen der Wohnung noch den letzten Schliff verpassen und die Küche in Beschlag genommen haben, ist es dort aber ohnehin zu laut zum Schlafen. Bisher hat er noch nicht bemerkt, dass ein Großteil seiner Lieblingsstücke von seiner Mutter zu Geld gemacht wurde. Das Radio läuft, und die Stimmung ist geschäftig und irgendwie … normal.

Als meine Mutter einige Plätzchen herrichtet, weist sie mich an, auf keinen Fall zu spät zum Essen wieder da zu sein. Ich solle die Celiks lieb grüßen, auch an die Bescherung denken, und wenn ich nichts für die anderen habe, dann habe sie auch noch einige Kleinigkeiten, die ich schenken könne. Wann ist diese Frau eigentlich nicht im Organisationsmodus? Vermutlich hat mein Vater später ein ähnliches Gespräch mit meiner Mutter, in dem sie ihm solche Notfallgeschenke in die

Hand drückt. Ich verabschiede mich, und weil Aylin ein Fan vom Karlchen ist, nehme ich den Hund mit zu Familie Celik.

Bei den Celiks wurde Weihnachten nie mit Kirche und so weiter gefeiert. Geschenke gab es aber trotzdem immer für die beiden Kinder.

Ich durfte rüber mit einer kleinen Kiste voller Kekse und Süßigkeiten, und bei den Celiks saßen wir dann zu dritt unter einer großen Decke im Wohnzimmer vor dem Fernseher.

Das war irgendwann nicht mehr angesagt, aber getroffen haben wir uns eigentlich immer am 24. Zumindest, um eine Runde mit dem Karlchen um den Block zu gehen, eine zu rauchen. Eigentlich habe ich in den beiden Geschwister, irgendwie, und das fühlt sich gerade ziemlich gut an.

Heute machen wir das volle Programm: Schokokekse, Harry Potter und der Stein der Weisen und, nicht ganz wie mit 13, eine Flasche Chardonnay. Wir muckeln uns unter die Decke, und Aylin und Can kabbeln sich halb ernst gemeint um die Decke, bis ich vorschlage, eine zweite zu holen. Schon als bei Harry Potters schrecklichen Verwandten die Briefe aus der Zauberschule eintreffen und deren Wohnzimmer fluten, ist Can am Schnarchen. Das Karlchen liegt eingerollt auf Aylins Schoß und atmet ruhig.

Aylin sieht nachdenklich auf den Bildschirm, während sie dem kleinen Hund über den Rücken streicht. »Ich wollte damals so gerne so einen verdammten Brief bekommen und hier weg.« Ich muss schmunzeln bei der Vorstellung einer elfjährigen Aylin als kleine Hexe. »Da warst du sicher nicht die Einzige damals.« Ich trinke einen Schluck Weißwein. »Aber weißt du was? Ich bin froh, dass du damals keinen bekommen hast.« Aylin lächelt, ohne den Blick vom Fernseher zu nehmen. »Schleimer.«

Wir schauen einige Zeit wortlos weiter, dann nehme ich einen weiteren Schluck Wein, bevor ich mich traue, etwas anderes anzusprechen.

»Hey du, em. Also, jetzt, wo es halbwegs ruhig um meine Family geworden ist, …«, Aylins Blick wandert zu mir, »und wir gestern das Thema zumindest kurz angeschnitten haben, magst du mir vielleicht heute erzählen, was bei dir dieses Jahr so los gewesen ist? Wenn ich so gewirkt habe, als wäre es mir nicht wichtig, wie es dir geht, dann tut mir das leid. Ich denke«, stammel ich weiter, »ich will nur sagen: Ich bin da, wenn du reden willst.« Aylin atmet tief durch, dann schaltet sie den Fernseher leiser. »Okay.«

Sie vergewissert sich, ob ihr Bruder tatsächlich schläft, dann setzt sie an: »Also, zum Anfang des Jahres war ich ja noch in Hamburg, um euch zu besuchen. Und ich weiß nicht, ob du dich erinnern kannst, aber du hattest damals schon so viel Stress mit Katharina und fragtest dich, ob ihr euch möglicherweise trennt. Naja, und eigentlich wollte ich schon damals einiges loswerden, aber du warst halt so in deiner Welt, dass ich mich auch nicht aufdrängen wollte…« Ich weiß genau, was sie meint, also denke ich gar nicht daran zu widersprechen.

»Und dann hatte ich in diesem Jahr auch jemanden kennengelernt. War ein komischer Typ, glaub mir.« Sie atmet laut aus und sammelt sich. »Auf jeden Fall hatten wir uns für einige Zeit ganz gut verstanden, dann wurde der irgendwie merkwürdig.«

Aylin zuckt mit den Achseln. »Ich habe Schluss gemacht und dachte, damit sei das vorbei. War es aber nicht. Dieser Typ hat sich permanent gemeldet und irgendwann meinte er, er hätte Bilder von mir rumgeschickt. Als Strafe oder was weiß ich. Bilder … Videos.« Es fällt ihr schwer weiterzusprechen. »Das war alles total irre.« Aylin vermeidet Augenkontakt. »Ich wusste lange gar nicht, was ich machen sollte.« Ich spüre, dass sie sich immer noch schämt. Also sage ich etwas.

»Em, das tut mir alles leid, auch, dass du dachtest, du könntest mir das nicht sagen.« Aylin nickt. »Ich weiß. Naja, irgendwann bin ich zur Polizei. Die prüfen das jetzt, aber ich rechne mir nicht viele Chancen aus. Weißt du, ich will das hinter mir lassen.« Aylin gießt sich Wein nach. »Das wünsch ich dir auf jeden Fall«, sage ich.

»Und, Aylin? Wenn noch mal so eine Scheiße passiert oder irgendwas anderes, dann zieh mir notfalls die Ohren lang, damit ich dir zuhöre, okay?« Aylin lächelt, dann sagt sie: »Okay. Abgemacht.« Dann sagt sie etwas, das nur echte Freunde so sagen dürfen: »Ich glaube, du bist ein Idiot, Nico, wenn du es nicht noch einmal bei Katharina versuchst.«

So polnisch wie zu Weihnachten sind die Jankowskis das ganze Jahr über nicht. Es ist kurz nach acht, und die ganze Wohnung riecht nach warmem Essen. Wir veranstalten keine Wigilia, das wäre das klassische Zwölf-Gänge-Menü, das es bei polnischen Familien an Heiligabend gibt, aber einige der Gerichte daraus haben wir schon. In einem großen Topf rührt meine Oma Magda Borschtsch, eine klare Suppe mit Roter Bete, Kohl und Karotten, an. Zweimal im Uhrzeigersinn, einmal dagegen, und dann eine große Kelle abschöpfen und wieder in die Suppe gießen. Anschließend das Ganze von vorn.

Später wird es Salzkartoffeln und Rollmops geben, ein Fischgericht an Heiligabend ist nämlich Pflicht. Meine Oma erzählt dann in der Regel die Geschichte, dass es früher üblich war, einen lebendigen Karpfen für das Weihnachtsessen zu kaufen, der bei manchen Familien in der Wanne gelebt hat, bis er am 24. morgens frisch zubereitet wurde. Als Nachspeise gibt es Westfälische Herrencreme, ein schwerer Vanillepudding mit reichlich Rum. Da setzt sich meine Mutter durch. Die Creme zieht seit gestern im Kühlschrank durch. Wie einfach es vorzubereiten ist, ist für Weihnachtsessen fast so wesentlich wie der Geschmack. Das beweisen ja schon die ganzen Familien, die am 24. Kartoffelsalat und Würstchen essen.

Bei uns ist das nicht anders, zumal meine Mutter noch im Gottesdienst ist. Wir anderen drücken uns alle mit ein und derselben Ausrede: dass wir aufs Essen aufpassen müssen, man kann das Karlchen ja schlecht damit alleine lassen.

Der hingegen dürfte nach dem Drama mit den Bärentatzen keine Lust auf kulinarische Experimente haben. Ganz der Stadthund, der er ist, liegt er unter der Plastiktanne. Ihm scheint es an nichts zu fehlen.

Generell ist der heutige Tag ohne größere Konflikte ausgekommen. Das ganze Thema Kleingarten wurde von allen umgangen. Durch die Vorbereitungen hatten alle gut zu tun, und ich war ja nochmal zu Aylin und Can.

Es ist heute wirklich, naja, schöner, als ich gedacht hätte. Das Scheppern der Töpfe wird von deutschen Weihnachtsliedern aus dem Radio untermalt, die Versionen eines Kinderchors. Als alles soweit gedeckt ist, setze ich mich ins Wohnzimmer neben Hund und Baum, mache ein Foto von beiden und schicke es an Philipp. Auf dem Bild fällt mir zum ersten Mal auf, dass der Strohstern am Baum durch den Traumfänger ersetzt worden ist. Sei's drum. Philipp freut sich und schickt gleich ein weiteres Bild: sein Freund Adrian und er grinsend vor einem Weihnachtsbaum. Adrian hält einen Ring in die Kamera, da gab es offenbar einen Antrag.

Nachdem ich diesen Advent tatsächlich mal Zeit mit Philipp verbracht habe, freue ich mich aufrichtig für ihn. Wie für einen Freund halt. Ein gutes Gefühl. Ich sende meine Glückwünsche, als meine Mutter zur Tür hereinkommt. Wir wünschen uns gegenseitig frohe Weihnachten. Etwa zehn Minuten später kann das Familienessen beginnen.

Der Borschtsch findet viel Anklang, der Rollmops wird kontrovers diskutiert. Besonders bei meiner Oma. Sie kann einen grätenfreien Fisch an Heiligabend offenbar nicht ganz ernst nehmen. Ein weiterer polnischer Brauch der Wigilia: Wer eine Gräte im Fisch findet, soll sie sich in den Geldbeutel legen. Das schützt im nächsten Jahr vor Armut. Als Kompromiss versprechen wir, die Zahnstocher, die den Rollmops zusammengehalten haben, einzustecken. Oma Magda ist nicht überzeugt. Die schwere Herrencreme wird aufgetischt und kommt als kalorienreiches Ablenkungsmanöver daher. Danach gibt es Schnaps.

Eine gute Stunde später sitzen wir alle pappsatt am Esstisch. Mein Vater hat den obersten Knopf seiner Hose geöffnet. Oma Magda lobt den Gummizug ihrer Stretch-Jeans. »Kannste spachteln wie de lustig bist, mit sone Buchse! So mag ich dat.«

Nach dem mächtigen Abendessen kugeln sich alle nur so auf den Wohnzimmermöbeln. Die Bescherung fällt dieses Jahr nicht allzu groß aus, und die meisten Geschenke sind kleine Aufmerksamkeiten, Kaffee, Wein; das meiste ist verdächtigerweise in gleiches Geschenkpapier gehüllt. Als kleines Geschenk hole ich eine Flasche Hüttengeist aus meinem Zimmer. Philipp hat die mir vor meiner Abreise in meinen Rucksack gesteckt. Kräuterschnaps aus Willingen. Auf der Berghütte hatten wir es dann doch nicht mehr geschafft, den zu trinken. Jetzt beäugt Oma Magda die Flasche halb skeptisch, halb neugierig. Dann wird der gekippt und offenbar für gut befunden.

Als wir dann zum gefühlt x-ten Male mit *Oh Tannenbaum* beschallt werden, steht meine Mutter auf, um das Radio auszuschalten. Sie bleibt vor der restlichen Familie im Fresskoma stehen und räuspert sich: »Ich würde heute auch gerne noch etwas loswerden.« Der abrupte Stimmungswechsel von weihnachtlich beseeltem Familienabend zu Kündigungsgespräch in einem Großraumbüro sorgt sogar dafür, dass sich das Karlchen aufsetzt. »In den letzten Wochen ist ja so einiges passiert. Und auch wenn wir jetzt an Weihnachten doch noch alle zusammengekommen sind, und das war mir ja auch wichtig, habe ich eine Entscheidung getroffen: Ich mache seit Jahrzehnten alles für diese Familie, und in den letzten Wochen habe ich noch mehr als sonst gemerkt, dass ich das nicht mehr will. Als der Werner ausgezogen ist, da habe ich dich extra angerufen, Nico, weil ich schon geahnt habe, dass mich das überfordern wird. Dabei sind der Papa und ich schon lange nicht mal mehr ein Paar!« Sie merkt selbst, dass sie mittlerweile mit den Händen fuchtelt und stemmt ihre Fäuste in die Seiten, atmet tief ein und aus. »Und warum habe ich das geahnt? Weil ich das gar nicht mehr anders kenne. Das hat mir dann gezeigt: Es muss sich etwas ändern. Und deshalb …«, sie holt tief Luft, »ziehe ich im nächsten Jahr aus. So!«

Wow. Wir sitzen alle gebannt vor meiner Mutter, die ganz rot angelaufen ist und sich erstmal ein Wasser holen geht. Meine Oma nickt anerkennend. »Getz muss die Silke nur noch den Arsch inner Hose haben, dat auch durchzuziehen.«

»Aufregend.«, fügt mein Vater nachdenklich an. »Also ich muss sagen, das freut mich jetzt richtig. Dass mein Lebenswandel da so inspirierend gewirkt hat, dass die Silke sich auch nochmal weiterentwickeln will. Macht mich etwas stolz.«

Als meine Mutter wiederkommt, begießen wir ihren Entschluss mit einer weiteren Runde Kräuterschnaps. Ich freue mich für sie, und irgendwie habe ich den Eindruck, auch wenn wir dann bald wieder an verschiedenen Orten sein werden: dieser Dezember hat uns mehr zusammengebracht. Vielleicht, weil wir erkannt haben, dass wir Abstand brauchen. Im nächsten Jahr dürfte einiges anders werden. Und zum ersten Mal seit Wochen freue ich mich darauf, anstatt dass es mir Angst macht.

Nachdem sich die Familie, einer nach dem anderen, ins Bett verabschiedet, ziehe ich meine Jacke an und gehe für eine kleine Runde mit dem Karlchen vor die Tür. Wir überqueren die große Straße und stehen wenig später vor den Treppen zum Bergbaumuseum. Keine Schneeballschlachten, kein Schriftzug, der *Fröhliche Weihnachten* verkündet. Der Förderturm ist angeleuchtet und steht unverändert da. So, als hätte er die letzten Wochen hier alles unbeteiligt beobachtet, aber auch fast schon wieder vergessen. Ich weiß nicht, ob es am Kräutergeist liegt oder ob mich die Pläne meiner Mutter nachdenklich gemacht haben, aber als ich so in der tiefen Dezembernacht stehe, habe ich das Bedürfnis, mich bei Katharina zu melden.

Ich zücke das Handy und fange an zu tippen: *Schöne Weihnachten und könnten wir uns in der nächsten Zeit noch mal treffen? Ich habe ja immer noch diese viel zu große Jacke, die mir nicht gehört…* Was für ein Stuss, egal. Abgeschickt. Hier draußen ist es überraschend still. Und kalt. Das Karlchen macht sich bemerkbar, damit wir heimgehen. Bevor ich mich umdrehe, vibriert mein Handy.

Katharina: *Dir und deiner Familie auch frohe Weihnachten, lieber Nico.* Okay. Freundlich, distanziert. Würde man auch jemandem schreiben, der einem die Einkäufe die Treppen hochgetragen hat.

Dann surrt mein Handy ein zweites Mal: *Hast du schon etwas zwischen den Jahren vor? Würde dich sehr gerne sehen. Katharina. Und die Jacke ist mal auf einer WG-Party liegen geblieben.*

Yes! Das ist auf jeden Fall ausbaufähig. Sofort antworte ich: *Sehr gerne* und denke: Oh, yes! Aufgeregt lese ich die Nachricht gleich mehrmals.

Dann sehe ich vom Handybildschirm auf, und leise gleiten kleine Schneeflocken vor dem angeleuchteten Förderturm zu Boden. Ich muss an die Schneekugel meiner Oma denken, die sie mir am ersten Dezember geschickt hat. *Es rieselt im Revier.* Der Boden vor mir ist nach wenigen Sekunden mit Schnee bedeckt. Schön kitschig. Aber hey, es ist ja auch Weihnachten.